16	3	2	13
5	10	11	8
9	6	7	12
4	15	14	1

MARIA CECÍLIA GOMES DOS REIS

O mundo
segundo Laura Ni

editora ■ 34

EDITORA 34

Editora 34 Ltda.
Rua Hungria, 592 Jardim Europa CEP 01455-000
São Paulo - SP Brasil Tel/Fax (11) 3816-6777 www.editora34.com.br

Copyright © Editora 34 Ltda., 2008
O mundo segundo Laura Ni © Maria Cecília Gomes dos Reis, 2008

Este projeto foi realizado com o apoio da Secretaria de Estado
da Cultura de São Paulo - Programa de Ação Cultural - 2007

A FOTOCÓPIA DE QUALQUER FOLHA DESTE LIVRO É ILEGAL E CONFIGURA UMA
APROPRIAÇÃO INDEVIDA DOS DIREITOS INTELECTUAIS E PATRIMONIAIS DO AUTOR.

Imagem da capa:
Abteilung Starkstromtechnik, Deutsches Museum, Munique

Capa, projeto gráfico e editoração eletrônica:
Bracher & Malta Produção Gráfica

Revisão:
Fabrício Corsaletti

1ª Edição - 2008

CIP - Brasil. Catalogação na-Fonte
(Sindicato Nacional dos Editores de Livros, RJ, Brasil)

R724m
Reis, Maria Cecília Gomes dos
    O mundo segundo Laura Ni / Maria Cecília
Gomes dos Reis — São Paulo: Ed. 34, 2008.
192 p.

ISBN 978-85-7326-413-5

1. Ficção brasileira. I. Título.

CDD - B869.3

Sumário

1. Da casa ao cerne 11
   - Um narrador 24
   - A história da empresa 30
   - A narração 34
2. A alma do mundo 39
   - O personagem perde o seu topete 50
3. A teoria tripartite do amor 69
   - O almoço 87
4. A visão de um líder 97
   - Como evitar preocupações 113
5. O camarão ao champagne 123
   - O alto do edifício 144
6. O simpósio 155
   - O jantar 163

Posfácio 189

O mundo
segundo Laura Ni

"Cada homem leva em si a forma inteira da condição humana."
Montaigne

CAPÍTULO 1

Da casa ao cerne

A casa estava reformada. Pairava como uma ilha, flutuando em algum mar ambiente. A noite era o que cercava tudo. Minha mãe a havia reformado muito e em nenhum tempo, vale dizer, instantaneamente. Isto era, de fato, prodigioso. O grande salão ocupava e cobria a última laje no familiar paralelepípedo, abrindo-se escancaradamente para fora. E tudo transmitia a ambígua mas agradável sensação de frescor tocando pele e de natureza recheando morna cada um de nós. Janelões em pé direito de *villas* italianas voltavam-se para o alto e eram penetrados por uma abóbada profunda, de gemas minúsculas e baças. A preciosidade alucinava os olhos noturnos. Nas salas, lustres amarelados pendiam do teto sobre uma mesa de jantar em que conversavam longamente e para sempre parentes próximos e comensais, e eu os reconhecia um a um. O primo mais velho trazia na testa um luminoso anunciando seus êxitos acadêmicos. Eu lembrava as avenidas, o trajeto de uma pizzaria na Mooca, luzes da cidade como flâmulas de Natal.

Sou a voz de Laura e, por ora ocupo esta sentinela ubíqua e impessoal, da qual eu, tu e ela imaginamos acordar uma única e mesma expressão para o mundo que existe bem antes de mim. Passa um carro. Seu ouvido estereofônico capta novamente um som artificialmente humano, uma buzina que uiva "— E aí, mano?", balbuciando ainda uma frase que toda vez quase compreende, mas escapa-lhe de fininho junto a uma motocicleta cortando em velocidade o corpo desproporcionalmente urbano de onde mora. Ruminações mecânicas abastecem com movimentos o silêncio que não demorará muito a acabar. Laura mergulha na inconsciência de seu corpo inerte e da matéria viva.

Volto para minha mãe. No início, não havia mundo externo. Talvez ela estivesse esquecida de providenciar uma saída honrosa para os que se vissem obrigados a partir de lá. Mergulho por pura necessidade no lago de sensações que sustentam aquele meio ambiente de ilha, de casa, onde o bem e o mal ainda não se separaram. Por ora, sou uma octópode. Noite. Uma amiga chega com seu bebê menina. A criança se seduz pela festa, sai da zona vigiada e some. Em seguida, aparece no alto de um escorregador, uma espécie de calha da casa. Eu já me tornara uma anfitriã e um gás a preencher os vazios entre convidados. A menina desliza, eu a espero no final. Em meu colo, é um recém-nascido. Menos mal: a mãe não fora avisada do que ocorria na sua ausência. As trajetórias de uns e outros enlaçavam os núcleos humanos perambulando com pulmões, estômagos e palavras entre comidas e bebidas. O ventre vão é a única interioridade do indivíduo. O ar entra e sai, o nutriente. O resto é pura imaginação. Todos servidos, providenciar mais gelo. Fiapos de conversas engancham-se nas pessoas. No que concerne aos adultos, algo dependeria do improviso: caminhariam por canteiros em terra crua e densa como uma borra de café. Seus pés, sem se sujarem, deixariam inscrições naquele chão não plasmado, e partiriam. Volto à tona e respiro fundo. A angústia é a mãe de todos os movimentos. Um livro jaz no criado-mudo. Pensamentos pensados por outros: *o que deveríamos ter visto era um meio ambiente transformando-se falsamente em um ser humano, es-*

condendo dentro de si um indivíduo em potencial, e não um bebê. Com cuidado e sorte, o centro de gravidade dessa organização se alojará no centro em vez de na casca.

Ela muda de posição em seu sono paradoxal; seus olhos se movimentam, mas a respiração revela a vigília suprimida. Laura afasta de si uma idéia. Mais um pouco, é a última vez. Frutas e suas cascas ressecadas sobre uma toalha xadrez. A história conta uma cura. Os meus olhos se abrem debaixo d'água e vejo uma luz à tona, da qual me aproximo. Ainda não preciso de ar. Num quarto real, de uma filha real, a mãe transformará o banco-parapeito da janela, sujeiras reais e uma ameaça real — a morte. Pintará com grafite e fará dele uma lousa que detenha. A criança estará protegida pelo jogo: escolher a cor do giz; começar o desenho da família, da casa e do bicho.

27...9.8...6...4.3.2.1. Não dá mais, temos de nos separar.

Ela se ergue da cama. Tateia, acha os óculos buscando com os pés as sandálias. As frestas com luz dirigem-na autômata ao banheiro, enxerga o espelho, o tapete, e não se dá ao trabalho de se ver, nem quer. Está esquecida de si mesma e a ausência do sonho é presente. Seus poros reagem ao xixi morno que a dilata, e ouve a descarga contra uma casa estática, aborrecida pela calcinha um tanto úmida. Um cão corre energicamente, ladra solitário e prepara-se para dormir; um carro, outro carro, uma maritaca grita para o sol. Identifica mal uma louça sendo lavada na cozinha. Pelo vitrô, uma luz nevoenta sugere que não está atrasada. Estrala uma vértebra e outras duas. Esprema pasta sobre as cerdas. Mira novamente em frente, tira os óculos e olhos sem lucidez estão na noite recém finda. Tudo aquilo desapareceu, e uma idéia sem palavras passa-lhe pela cabeça. Passeia por sua imagem amassada. A água corre, e tudo demora e demorará séculos para acontecer. Prefiro escovar os dentes antes do banho. A preguiça deixa um pensamento que não é seu impregnar-lhe a imaginação, enquanto a espuma esfolia as gengivas de seus humores. Um voto de docilidade e um panorama seu aparece no espelho. Cospe a água de estômago vazio, tentando inspirar-se de boa vontade e extrair-se com decisão do corpo relaxado, mas os músculos hesitam entre doer e colaborar. A vida é adaptação: o ajuste de cada um em suas próprias circunstâncias materiais, condições. Nunca encontro a toalha de rosto tão seca quanto gostaria. Isso a deixa ligeiramente deprimida. Linhas de pensamentos inscrevem-se em Laura com nexo, e a incapacidade de sustentar imagens desaparecidas faz experimentar um pouco de angústia por não encontrar a mãe. Olha no espelho e por um momento perdeu a esperança de curar-se. Ouve sem saber os gritos que acompanham o sacrifício de um bode e cantos religiosos: nascem seus primeiros desejos. *O mundo está desabrochando, mas não há comida para todos.*

Laura ajeita com os dedos os cabelos secos e desgrenhados, tira uma pequena crosta amarelada do canto do olho, respira e alinha com o indicador uma sobrancelha e outra. Suspira fundo e passa as mãos pelo rosto que acorda fazendo correr uma onda terna e excitante, como se só assim adquirisse uma membrana limitadora e um interior, mas a sensação de repente desaparece ao notar que tem os pés gelados. Põe os óculos. Olha para baixo e seus dedos ofendidos respondem com um frio subindo pelas pernas, enquanto as enfia numa calça de moleton. Reconforta-se ligeiramente. Arruma a camiseta nos ombros, apruma os seios com ambas as mãos e os espreme instintivamente como se quisesse esgotá-los, afastando o bordão da axila engomada. *O espírito da vegetação renascerá em seu devido tempo.* Num gesto brusco, sai para buscar um agasalho. Fecha uma porta, encontra no escuro o que precisa, caminha com cuidado entre diversos sapatos desmaiados, alcança a maçaneta que reluz, e desce a escada passando do corrimão em revista diária toalhas de banho engrouvinhadas. Uma luz tenra inunda todos os dias o *hall* que liga os quartos do andar superior, não importa o tempo. O degrau estala sob seus pés. Laura reconhece o enrijecimento do calcanhar, um depois do outro, e um último lampejo de noite é produzido por seu tendão — eu me precipitava para apanhar no colo a criança que deslizava, notando que um de meus tornozelos ainda estava preso, e que por pouco não chegaria a tempo — mas pisca para afastar a cena perturbadora, espiando do alto, e levemente ansiosa, as horas.

Seis e quarenta da manhã. Jornais jazem estatelados ao longe, do outro lado da vidraça, e ela pousa no dia que começa.

Laura se dá conta de que hoje não tem empregada. Lança um olhar para a cozinha e vê com alívio a pia razoavelmente em ordem e lembra que a mesa do jantar havia sido tirada com inspiração. A roda gira de trás pra frente. O café notívago. Depois da tormenta, consciências tranqüilas em partes iguais, conversas e novas oportunidades, salada fresca com parmesão. O filme na TV: *Will buy a parrot*. Um homem de terno branco e chapéu caminha por uma rua inclinada; pára diante de uma porta; um fulano de boné atende e o conduz até um quintal; um papagaio albino dentro de uma gaiola faz piruetas arrojadas; os dois se sentam e selam o acordo com um trago de *grappa*. Agora ela está descansada mas incompleta. Procura com os olhos e alcança a chave, caminha e abre a porta. Tira as sandálias e, ofuscada pela luz, desce com cautela exagerada dois degraus. Laura pisa, sente a carícia da grama úmida e a terra dura cutuca seu pé. O corpo quente de Mario sobre o meu. Olha de novo para o céu. O dia está lá, pleno de ar como uma tenda azulada, intacta, mas querendo se agigantar. Entre ambos, o mesmo instante de sempre. Alguma coisa coça e Laura é tocada por um leve sentimento de culpa. As mães, contudo, nunca são chamadas a prestar contas do mal que cometem. Pega os jornais, vai adiante e abre por dentro a caixa de correspondências de onde retira um litro de leite e dois pãezinhos. Volta para dentro resoluta e calça de novo as sandálias. Coloca tudo em cima de uma mesa antiga no *hall* de entrada, e tranca a porta. A correspondência acumulada há dias está lá, esperando pelo lixo. Agradece por não ter de dar aula, respira fundo, mas lembra de contas a pagar. Lançamentos, *vernissages*, estréias, convites, idênticos para ela e Mario, um desperdício. Escolhe um envelope, olha contra a luz e rasga a borda menor. Quanto? Sim, aquilo é ela: depósitos em blocos e saques sorrateiros. A vida e suas operações resultando zero. Separa o papel. Laura não usa relógio, agenda, nem máquina de calcular, mas algum mecanismo nela se põe a numerar. Tem sempre à mão uma pequena lista de compras e uma forma qualquer de reparar danos.

Laura avança pela sala, entra na cozinha, deposita os objetos e é levada por uma espécie de querência ao sofá. Com gestos mecânicos, recolhe o jornal da véspera e põe de lado uma página sobrevivente, sente na ponta dos dedos um pó de tinta ressecada e espirra. Laura percebe seu estômago inerte, mas deita no sofá para ter notícias do dia. Um circuito de nomes próprios começa a se combinar com êxito a um rosto e a outro, compreende o aperto de mão selando um comício e planos de ação. Desdobra-se em uma, duas, em três páginas, pronta para encontrar um mundo formado por países, que se orienta, de fato, para parecer-lhe concreto, com presidentes, senadores, artistas, mas ela afasta os olhos daquilo e nota desanimada a dificuldade de sustentar aquela união. Ouve no andar superior a voz familiar de um locutor de rádio, e uma música inapropriada se impõe sobre o silêncio. Depois de algum tempo, um barulho de descarga. Longo silêncio. Um chuveiro ligado espera por alguém, até que a cadência da água é finalmente alterada pela entrada de um corpo que ela conhece bem. Levanta-se de repente movida por seu próprio egoísmo, mas o mundo sobrevive sem retaliação. É por isso que Laura perde tantas chances na vida.

O desjejum logo cedo. Laura aprecia o café da manhã. Desocupa a pia, colocando a louça na máquina. Rouba uma casca crocante do pão que sente estalar entre os dentes. O marido em pouco surgirá elegante e ela se apressa por recebê-lo à altura. A toalha branca de flores miúdas bordadas em arcos sinuosos não combina com seu ar entocado e o odor difuso de roupa adormecida. Mas ela arranja a mesa de maneira irritantemente precisa: as canecas emparelhadas pelos talheres fazem alas para uma queijeira fedida. Abre a geladeira, que espalha uma luz embutida, pega uma coisa, outra. A manteiga deixa seus dedos ligeiramente gordurosos. Ela os limpa automaticamente na própria calça, onde deixa duas nódoas brilhosas e inaugura, aliás, a cadeia dos pequenos atos que não deveria praticar. Apanha a geléia de framboesa, o cereal, o açucareiro e arranja tudo como padrinhos num altar. Põe água na chaleira e espera que não apite antes da hora. Ouve o chuveiro ser desligado, mas um noticiário indistinto e insistente se sobressai comunicando calma ao andamento e trâmites do marido que se veste. Laura percebe que não tem por que se apressar, até que ouve a voz de Mario ao telefone. Enche a caneca de leite e comanda três minutos no microondas.

O olhar fixa uma foto de propaganda que grudou com ímã na geladeira — é a imagem de uma praia desconhecida: sob uma lâmina translúcida de água, a areia some numa onda borbulhante da planície azulada que se estende até a linha do horizonte; a paisagem tem moldura de pedras brutas e mata verde. O efeito sobre Laura é instantâneo: rememora aquela ação entre amigas, de tempos atrás. A senhora X chega à praia com um engana-mamãe recatado; escolhe uma sombra onde estica a esteira, coloca uma touca de borracha esbranquiçada em que esconde todo o cabelo. Nisso uma mulher de mais de setenta anos — a senhora Y — vem empertigada ao encontro dela. As duas entram de mãos dadas na água calma, passam uma tímida rebentação e mergulham. Uma sai, enxuga-se vigorosamente com uma toalha, e deixa a praia com os pertences embaixo do braço. A outra caminha mais para o fundo, alonga-se sensualmente e põe-se a nadar. Laura paciente começa a contar. São cento e quarenta braçadas em *crawl* ritmado, cinqüenta em nado de costas e mais vinte e cinco novas braçadas em *crawl*. Pausa rápida e retomam: quarenta e duas em *crawl*, quarenta e três em nado de costas e as cinqüenta finais em *crawl*. Praia completa, a senhora X sai olímpica da água. *Touché!* avisa o microondas. Laura está distraída. A chaleira apita tirando-a do transe; ela se levanta para desligar o fogo. O apito impõe presteza para coar o pó e o ziguezague pela cozinha dá resultados. O aroma estimula o marido que numa voz vigorosa pede lá de cima:

— Laura, você pode me fazer torradas e um chá?

Ela pega o sachê, aproveita a água quente da chaleira com a impressão de que tudo dará certo, enquanto ele desce. Retira sua caneca da caixa metálica e a coloca sobre a mesa. Tira com a colher a nata da superfície grossa e entorna, diluindo o café preto do bule. Mario entra na cozinha trazendo dois jornais e lança um olhar semi-agradecido. Fatias gêmeas pulam de dentro da torradeira como treinadas em nado sincronizado. Laura olha para ele e sente orgulho pela camisa impecavelmente bem passada. A gravata parece vermelha demais. O marido tem o talhe do esportista que ele de fato não é, firmado em ternos bem cortados e uma carne naturalmente rija e de tons perolados. Laura sente uma fisgada de lado, onde um ovário costuma incomodá-la.

— Que horas é seu vôo, May?

Laura interpela o marido e prontamente se estabelece uma atmosfera de boa disposição com um quê de cumplicidade. Há um código privado e sutil entre os dois, particularmente acerca das formas de tratamento, embora Mario deteste apelidos. Quando Laura o trata logo cedo desse jeito amoroso — maio, o mês do aniversário de Mario e de quando se conheceram — as manhãs parecem mais arejadas só pelo timbre da mulher a insinuar-se delicado e calmo. Tanto melhor. Hoje promete ser um dia daqueles e sinais favoráveis, a despeito de sua racional maneira de lidar com as causas, ajudam Mario a controlar a ansiedade. Não que Laura estivesse deliberadamente sendo positiva, pois tinha uma noção bastante vaga do que estava em curso, culminando na viagem aparentemente de rotina. Mas contava decisivamente para ele, e a favor da convivência com Laura, a capacidade dela manter-se entretida em um mundo de certa forma à parte, inócuo e de fácil sustentação.

Metalúrgicos encerram greve em montadoras.

— Preciso estar no aeroporto até as oito, responde ele sem desviar o olhar.

Assembléia aceita abono acertado com a Anfavea, mas decide endurecer negociação com setor de autopeças, onde a paralisação continua e ameaça retomada da produção de veículos. Temor é efeito "vaca brava" da greve de 85. Página 1.

Laura sabe que é melhor não interromper a leitura do jornal e tenta imitá-lo. Goles de café com leite vão se alternando com pedacinhos de pão e manteiga, que mistura contra o palato fazendo uma pasta morna e adocicada antes de engolir. O marido pinga leite no chá, corta uma fatia de queijo, estica sobre a torrada e tudo isso macula de leve a atmosfera de bem-estar que reinava no ambiente.

Laura varre com os olhos as manchetes do jornal.

Erupção de vulcão assusta mexicanos — Popocatépetl entra em atividade e põe governo em estado de alerta máximo. As autoridades mexicanas permaneciam ontem em estado de alerta máximo, temendo novas erupções do vulcão Popocatépetl a 64 km da Cidade do México, que entrou em erupção anteontem à noite, sem causar vítimas. "Estamos em situação de alerta máximo para poder fazer frente a qualquer contingência, sobretudo se começar o derramamento de todo o material incandescente", disse ontem o ministro do Interior.

Laura olha para a foto que cobre um quarto da página. Um fole de fogo como a boca de uma montanha desértica sopra para o céu azul um jato de gás denso, enchendo-o de nuvens amarronzadas. Um fato se seguirá a outro, numa conexão inviolável. As mesmas causas determinam os mesmos efeitos. O leite desce quente e uma casca de pão cutuca por dentro a garganta de Laura.

ABC: assembléia com 5 mil metalúrgicos aprova proposta de abono que será pago em 5 de outubro... Setor de autopeças pode fazer acordo dividido... Fritsch justifica

— A que horas você volta? Passa por aqui para irmos juntos ao jantar?

socorro aos bancos estaduais, para assegurar êxito do plano. Página 3.

— Não sei bem, depende. Mas ligo para você do aeroporto.

Laura serve-se de um pouco mais de açúcar.

Foram duas erupções com explosões de luz no topo do vulcão e material incandescente sendo lançado a uma altura de até 200 metros acima da cratera. A primeira erupção ocorreu às 19h15 de anteontem no México e durou cerca de uma hora. A segunda, um pouco mais forte, ocorreu às 2h08 de ontem, estendendo-se por duas horas. Especialistas dizem que uma cúpula de lava formou-se dentro da cratera do Popoca-

tépetl, *o que pode provocar um acúmulo de pressão e emissões ainda mais fortes nas próximas horas. O Popocatépetl (ou "montanha que fuma" em asteca), com 5.451 metros de altitude tem ao seu redor neves eternas e uma geleira, cujo degelo é uma das maiores preocupações das autoridades porque pode causar inundações. Especialistas dizem, também, que os gases do vulcão podem provocar fortes danos aos cultivos de trigo e feijão, que são o principal meio de vida dos moradores da região. O vulcão "Popo", como é conhecido no México, ficou adormecido entre 1927 e o início deste ano. Desde então, ele vem lançando periodicamente colunas de fumaça e poeira.*

— May, você quer uma fatia de papaia?

— Não, obrigado.

Laura levanta para apanhar a fruta. Escolhe a que provavelmente estará passada antes, desprezando a outra que se oferece exuberante. Pega uma faca pelo cabo de madeira e corta uma tampa transversal, mira os cinco sinais da polpa e talha três cortes longitudinais. Limpa as sementes com a ponta da faca ajudando a fatia a vomitá-las direto na lata de lixo. Põe diante de Mario uma das partes, como se não tivesse escutado a resposta.

— Coma, Mario, senão vai estragar. Isso faz bem para você.

Ele fecha o jornal e, depois de separar um outro caderno do jornal que Laura lia, sai em direção ao banheiro. Pronto. Mario já estava em rota de partida e ela se sente atrasada. O último gole de leite desce frio, adocicado.

Palmeiras goleia Náutico em ritmo de ensaio. Rivaldo faz dois nos 4 a 1, mas a alegria do time foi a solidariedade mostrada por todos dentro do campo... Amaral voltou no segundo tempo... Emerson Fittipaldi assegurou o segundo lugar da temporada na F-Indy. Página 6... Telê Santana volta a reclamar do mau futebol do São Paulo após o 0 a 0 com o Atlé-

tico. Página 5... Rivaldo: dois gols marcados, alguns perdidos e múltiplas funções no novo Palmeiras pretendido por Wanderley Luxemburgo... Evair: um gol e boa participação em várias jogadas de ataque... Onze times estão classificados para a segunda fase.

Laura afasta um pensamento pernicioso e olha a foto do vulcão: cloaca cuspindo fumaça negra. Por ora é uma menina que vê no torso do pai a frente de um FNM: a parelha de seios peludos que se aproxima, o umbigo no centro de um paralelepípedo de carne vindo em sua direção. *Abre a janela, Maria, que é dia. São oito horas e o sol já raiou. Os passarinhos fazendo seus ninhos, na janela do seu bangalô.* Laura pisca. A imagem do caminhão some. Agora é um jovem, contra a janela iluminada. O peito sem camisa, as pernas de atleta. Ele usa tamancos. A visão torna-se mais e mais perfeita: um aldeiamento de famílias em que homens defendem seus clãs. Chefes, dentre os quais um se destaca. Muitos lugares em que chefes reunidos escolhem seu líder. Muito tempo. O chefe dos chefes torna-se deus. Laura peca. Se Deus existe, há de ter um poder como o dele. Teste bicaudal. Ele desfila pelo céu todos os seus melhores atributos, num cortejo alado, com os cabelos formando-lhe uma coroa. Ninguém pega uma menina no colo como seu pai. Pensa em Andrea. A boca do pai agora é o vão da chaminé por onde escapa um gás fermentado em suas entranhas preguiçosas. O esboço de um ser humano é o tubo alimentar. A mente é apenas uma nuvem tóxica e atada ao topo do tubo, envolvida de imaginação. Laura tosse em seco. Meu pai está velho e distante. Um pouco de luz. A boca de Sonia, por sua vez, é uma tatuagem perfeita em batom. Seus dentes têm cheiro de marfim. Seu hálito lembra uma noite estrelada: o eucalipto da sauna e o frescor de uma ducha a céu aberto. O colar de pérolas um dia no pescoço de Laura terá a cor e o timbre inanimado da boca de sua mãe com voz. Laura olha para a mesa que ela mesma arrumou.

Não gosto de mamão, nem de geléia, mas espero que estejam disponíveis para o meu café da manhã. Pega o segundo caderno e folheia mecanicamente.

Em Roma, o Coliseu esteve iluminado na noite de ontem pela absolvição de mais um condenado à morte.

A boca de Laura é uma gaveta atravancada de coisas por dizer. Ela lambe os lábios, lúbrica. O mesmo circuito une idéias elevadas e um desejo difuso de penetração. Laura engole em seco e cresce em intelecto. Ouve um barulho de descarga.

Seus olhos começam a pular por notícias cada vez mais curtas.

Antonia Tritapepe Chiara — *aos 90 anos, viúva de Oswaldo Rocha de Abreu. Deixa filhos. Cemitério da Lapa. Clemente Godinho* — *aos 79 anos, casado com Maria de Jesus Godinho. Deixa filha. Cemitério Congonhas. Heung Sik Pak* — *aos 28 anos. Deixa pais. Cemitério Campo Grande. Isper Rahal* — *aos 84 anos, casado com Linda Issa Rahal. Deixa filhos. Crematório Municipal.*

Laura tira os olhos da seção de falecimentos. Tudo como sempre, em ordem alfabética, começando pelos mais velhos. Sem mortes de última hora, quase no fechamento do jornal, incluídas de qualquer jeito. Virou a página, com um desapontamento pela morte só de desconhecidos. Lembrou-se da avó que pedira um anúncio discreto, com letras iguais ao do convite de casamento. Dobrou o jornal. Leria outras notícias mais tarde, com calma, quando o marido já tivesse saído. Ouve ao mesmo tempo a porta do banheiro que se abre e a campainha. Um raio de sol frio atinge com uma estocada o ladrilho pálido da cozinha.

— Deve ser o táxi, Laura. Diga, por favor, que já vou.

Ela se alonga até alcançar o interfone. Um silêncio inteligente acompanhado de chiados recebe o recado. Mario aparece vestindo o paletó, com a pasta de couro na mão, o jornal debaixo do braço, beija o ar de relance.

— Espere. Você está com a sua chave?

Ele volta e pega o chaveiro. Olha para ela e vem mecânico carimbar-lhe a boca com os próprios lábios. Ela sente o rosto dele barbeado. E vê pequenas gotas de suor onde poderia estar o bigode. Laura segue o marido sem convicção e antes de alcançá-lo ouve o barulho de fechar o portão. Aquele pequeno calafrio de toda a separação: um pedaço de espírito arranca-se da emoção de Laura e, como um monitor em forma de tentáculo, põe-se a seguir o marido dali em diante, disposto a guardá-lo livre de todo mal. Sem cortes. Ela se dirige então à porta apenas para verificar que é preciso de fato trancá-la. Em ponto.

UM NARRADOR

Em tempo. A voz agora ecoa positiva na mente liberta do próprio Mario. Diante de seus olhos, a rua mostra-se convidativa. O homem, a postos. A porta traseira de uma Parati branca convida Mario a embarcar. O sujeito em mangas de camisa tergal exibe braços indígenas, mas o colarinho deixa entrever uma corrente dourada e um crucifixo. Mario entra no táxi, afrouxa um pouco o nó da gravata.

— Aeroporto de Congonhas, por favor.

Respirou notando que estava cansado, irritado: a pasta de dente no fim, a camisa faltando botão, os caprichos de Laura. Mario antecipou-se a qualquer tentativa de conversa.

— O senhor poderia ligar o rádio?

O banco do motorista estava forrado por um apetrecho de bolinhas enfileiradas ora claras ora escuras. Mario escorregou ligeiramente o corpo e reclinou a cabeça no banco para trás. Uma maldita planilha estampou uma jaula em sua mente.

TABELA 1					
Data	Capacidade instalada/ capacidade projetada	Capacidade instalada	Preço médio dos veículos construídos	Receita com 100% da capacidade utilizada/ cenário otimista	Receita com 80% da capacidade utilizada/ cenário conservador	Receita com 30% da capacidade utilizada/ cenário pessimista
1995	30,00%	27.000	R$ 20.000	R$ 540.000.000	R$ 432.000.000	R$ 162.000.000
1996	48,00%	43.200	R$ 20.000	R$ 864.000.000	R$ 691.200.000	R$ 259.200.000
1997	65,00%	58.500	R$ 20.000	R$ 1.170.000.000	R$ 936.000.000	R$ 351.000.000
1998	83,00%	74.700	R$ 20.000	R$ 1.494.000.000	R$ 1.195.200.000	R$ 448.200.000
1999	100,00%	90.000	R$ 20.000	R$ 1.800.000.000	R$ 1.440.000.000	R$ 540.000.000

Afastou-a deliberadamente, apelando para uma minguada reserva de boa vontade. Tentou entender o que alguém dizia pelo rádio... *uma grande massa de ar seco mantém o tempo aberto, com sol forte e calor em São Paulo. Ontem a mínima foi de 14 graus e a máxima de 25 graus, com umidade relativa do ar de 36% às 15 horas, de acordo com o Instituto Nacional de Meteorologia. Amanhã uma frente fria se aproxima e aumenta a nebulosidade, mas o sol predomina e não chove. No sul do Estado, o tempo fica fechado e chove desde cedo. Na capital, na Baixada Santista e no litoral...* Não conseguia parar de pensar nos problemas, nem mesmo enquanto dormia.

Tive de novo o mesmo sonho que não consigo lembrar, que mexe e me toca direto. Uma tremenda ereção. E era uma loucura de trabalho misturada com os rolos da vida pessoal, uma confusão danada que ele não agüentava mais e ia dar um basta naquilo. Mas é impossível não desejar aquela mulher. Estava no auge de sua capacidade física e naturalmente não iria fugir daquilo. Mas é humilhante ter de me comportar como um adolescente hipócrita. E esconder sua bestialidade por trás de um decoro familiar cosmético. Nada disso condiz com a potência de quando a possuo. E com o tipo de domínio que gostava de exercer sobre ela. Algumas partes de um corpo úmido e feminino se exibem em carrossel na mente de Mario. O passageiro mexe no banco do automóvel, num impulso de quem vai saltar. Montar. O verdadeiro Mario lança então um olhar de cinismo para aquele lar, o seu próprio lar. Quanto conformismo, quanta pasmaceira. Mas um *flash* do conforto que desfrutava ali exige-lhe imediatamente uma confissão, uma admissão: passado o ímpeto, ao aproximar-me de casa, sinto um imenso alívio. A paz daquelas vantagens práticas tomava agora conta de tudo. E era novamente impossível não pensar no casamento com respeito e afeição. Mario olha pela janela mas seus olhos estão voltados para dentro. Modelei Laura para mim, exatamente como queria. Laura caiu nas minhas mãos quando as mulheres se encontram maleáveis e podem ainda ganhar a forma que só um homem pode impor-lhes, marido ou não. Mario tinha a opinião de que a esposa nem tão dócil havia sido, digamos, domesticada por ele. Agora via-se perturbado outra vez por sentimentos primitivos, escravizado, desafiado, preso a alguém que o olhava de igual para igual. E independia dos recursos dele de uma maneira terrivelmente provocante. Aquilo sim era encrenca e das grossas. Mas impossível resistir. E a gincana que envolve encontrá-la! As toxinas daquele corpo selvagem impediam Mario de pensar em qualquer coisa que não a maquinação de uma próxima vez. E atualmente nada o deixa mais contrariado do que não poder vê-la imediatamente, sempre que queira — vale dizer, o tempo todo. De Laura sentia-se por ora um pai substituto, talvez um irmão abusado. Mario é o tipo de pessoa que não tem vergonha de dizer-se perfeitamente satisfeito com as diferenças culturais entre os gêneros. Seguramente não é um homem de negócios quem desejo encontrar sentada diante de uma lareira, quando volto para casa. Tolher uma mulher, na sua maneira de ver a coisa, era uma forma lisongeira de idealizá-la. Preciso tirar tudo isso da cabeça. Sua vida estava um inferno.

Há cinco anos Mario havia deixado o Rio de Janeiro para trabalhar no departamento financeiro da maior subsidiária na América do Sul de uma grande corporação do setor automotivo de São Paulo. Em menos de dois anos, contudo, a empresa veio a conhecer um de seus mais difíceis cenários de negócios.

Irritou-se com a medalhinha imantada no painel do automóvel. Mario pedia o carro por telefone e sempre para a mesma firma: queria pontualidade e bom atendimento. Da próxima vez, chamaria o serviço de táxis do aeroporto: estava descontente com os vestígios que o motorista deixara no carro por dirigir sempre o mesmo veículo. A nuca do sujeito havia sido recentemente barbeada. Mario aspirou um cheiro de loção ordinária. Olhou pela janela revestida por *insulfilm* e a manhã pareceu-lhe ranzinza e abafada.

— O senhor pode ligar o ar condicionado, por favor?

Imediatamente um zumbido monótono afastou a voz do locutor. O carro deslizava pela avenida desimpedida. Sem sombra de dúvidas, prefiro a região metropolitana de Porto Alegre. Uma das cidades que mais cresce no Brasil: combina desenvolvimento com qualidade de vida.

Pela janela, o relógio eletrônico de rua marcava 17ºC e hesitava em mostrar as horas.

População 232.447 habitantes. Área urbana 121,37 km², área rural 376,45 km². População urbana 91,19%, população rural 8,81%. Taxa de crescimento populacional 3,06%.

Os números andavam obcecados por Mario. Eucaliptos fechados por grades eram ultrapassados velozmente de trás para frente. Mario olhou o relógio. 7:38. Tinha tempo. Sentiu os efeitos de um calafrio. Tirou do bolso um lenço e secou gotas de suor que supunha ter no rosto. O carro parou quando o sinal estava ainda amarelo, confirmando para Mario sua decisão. Um homem em traje esportivo corria sem sair do lugar. Também Mario estava impaciente. Sinal verde para a faixa de pedestres. Seguiu com os olhos o homem até a entrada do parque. O motorista se atrasou e foi o último a engatar a primeira. Os automóveis ao lado largaram antes e Mario sentiu-se ainda mais contrariado.

Uma série de aspectos — econômicos, técnicos e sociais — havia passado pelo primeiro exame na avaliação do local adequado para a construção de uma nova planta, que absorveria recursos iniciais da ordem de 750 milhões. Um dos lotes há de cair como uma luva. Mas, além do requisito de uma extensão de terra plana para acomodar as novas instalações, com pátio para os carros produzidos e estacionamento para funcionários, havia novos fatores a serem levados em conta. Um deles era a proximidade com fornecedores, agora que a empresa vinha optando por entrega de componentes coordenada à linha de montagem, como uma forma de evitar a estocagem de peças. *Servida por três estradas estaduais e uma federal, está no coração do Mercosul. Atraídas pela qualidade da mão-de-obra, grandes empresas têm optado por instalar ali seus modernos parques industriais.* Outro era de ordem trabalhista: o reaproveitamento de trabalhadores já empregados, evitando os custos de demissão em massa *versus* o alto investimento em treinamento e especialização, sobretudo em mecânica elétrica e eletrônica. *Metalúrgicos encerram greve em montadoras.* O arquivo do jornal não teve o *download* completo na mente de Mario. Foi subitamente interrompido e mandado de volta para a memória remota.

— Por qual companhia o senhor viaja?

O sujeito tinha um ligeiro sotaque latino. Mas foi a voz de Mario que soou rascante.

— Pode me deixar em qualquer portão de embarque.

Olhou para o taxímetro. Enquanto o carro pachorrento procurava uma vaga para estacionar, o marcador abocanhou 40 centavos. Mario se antecipa, puxa a carteira do bolso, examinando o recheio. Um cheiro ensebado. Pega duas notas rosas estalando de novas (a amarela demoraria ainda um tempo para entrar em circulação).

— São 18 reais e 80 centavos.

Mario entrega-lhe o dinheiro.

— Fique com o troco.

Ponto final.

Parágrafo. Terminada a segunda cena, estivesses no cinema, decorridos os primeiros dez minutos, o hipnotismo da ilusão já teria ou não cativado a tua imaginação, uma ocorrência entre outras a construir o êxito do diretor. Na sala de um teatro, seria um bom momento para um intervalo. As luzes se acenderiam e terias tempo para respirar a substância de tua própria vida e não mais a de Laura Ni. Ouvirias provavelmente os ruídos da platéia relaxada, murmúrios, passos, algo assim. Não há vácuos aqui. Tanto melhor. Passada esta primeira hora, de minha parte e de bom grado, sairei da frente desta mesa, deixarei de me expor a esta luz fria, tomarei um chá, soltarei os músculos das pernas, trocarei duas ou três palavras com alguém acerca do tempo, darei minhas impressões sobre a jornada de trabalho e voltarei. É com o espírito purificado que se deve expor os desafios pessoais de Mario neste dia. Laura, de sua parte, tem uma vaga noção dos assuntos em andamento na empresa do marido. As idéias de Mario, contudo, embrenham-se em um dilema pouco original, e a exaustão de seu corpo impede que ele fixe sua atenção em qualquer coisa que seja. O dia, no entanto, está marcado por um evento importante no trabalho. Por ora o melhor é o apelo a um porta-voz imune a toda intriga, que traga uma perspectiva sóbria e objetiva dos fatos. Talvez te ressintas de sua pouca profundidade no discurso da economia política. Mas o fato é que Mario — um engenheiro por formação —, a um vago preconceito por administradores, reagiu afiando efetivamente as armas do cálculo e da estatística. *Se o leitor não é dado a negócios, pode saltar a história da empresa; vá direto à narração.*

A HISTÓRIA DA EMPRESA

A corporação X entrou no Brasil junto com sua principal concorrente, na década de 20, quando São Paulo iniciava seu parque industrial por conta da modernização no processamento do café — seu principal produto de exportação e sustentação econômica — e da demanda por meios de transporte motorizado, que começava a despontar. Em termos mundiais, a empresa detinha menos que 20% do mercado, enquanto a concorrente ficava com uma fatia de mais do que 50%. A estratégia deste sucesso era clara: a ênfase no modelo *standard* com qualidade e preço baixo. A corporação apostou pesado em uma diferenciação de *marketing*, consolidando pouco a pouco uma linha completa de produção, com modelos do econômico ao alto luxo. Havia reconhecido muito cedo a importância da mudança de *design* como estímulo adicional ao consumidor disposto a trocar de carro todo ano. No Brasil, isso criara barreiras ainda mais altas para a entrada de pequenos produtores no setor, pois um alto volume de vendas era necessário para pagar o custo de novos projetos e de adaptações requeridas na produção e linha de montagem. E tudo num período cada vez menor.

Em 1925 a empresa funcionava então como uma montadora CKD — *completely knocked down*, carros totalmente desmontados —, no bairro do Ipiranga, oferecendo ao mercado um modelo de furgão para entregas, ao mesmo tempo em que implantava um circuito de revenda que logo chegou à marca dos cem pontos. Em três anos, a produção atingiu 40 mil veículos, um número espantoso face à frota nacional. Decidiu por bem investir pesado em propaganda e consolidar definitivamente suas operações no país com a construção de uma fábrica em São Caetano do Sul, em 1927. Porém, a crise mundial provocada pela quebra da bolsa de Nova York atingiu em cheio os planos da empresa, e uma redução na produção da ordem de 75% levou à demissão de muitos trabalhadores.

    A recuperação veio aos poucos e no compasso das políticas governamentais. Na década de 40, participou do esforço de guerra produzindo 2 mil veículos a gasogênio para uso civil. Um dos principais passos do Brasil no caminho da industrialização — a criação da Companhia Siderúrgica Nacional — foi também um forte impulso para o setor metal-mecânico. E, diante das dificuldades de importação no período pós-guerra, a empresa agiu rápido, inaugurando uma fábrica de baterias. Em 1951 colocou nas ruas o primeiro ônibus brasileiro com carroceria nacional totalmente metálica. Em seguida diversificou mais uma vez os negócios abrindo uma fábrica de refrigeradores. Com a criação, em 1956, do GEIA — Grupo Executivo da Indústria Automobilística, para o controle da instalação do setor automotivo no país — viu aprovado o projeto de nacionalização do seu modelo de caminhão. Para a produção deste modelo construiu, em 1959, uma nova fábrica em São José dos Campos. A próxima etapa, que levaria cerca de uma década para ser implementada, era a produção de automóveis para passeio inteiramente nacionais. O veículo foi lançado no mercado em 1968 com sucesso de vendas imediato e duradouro, justificando investimentos para a ampliação da planta original.

A corporação decidiu, no começo dos anos 70, abandonar sua antiga estratégia de uma linha completa de modelos e partir para a produção de um carro mundial, ao mesmo tempo em que redesenhava carros de luxo em tamanho menor. A mudança funcionou. E no Brasil um novo carro no segmento médio foi lançado, com motor em posição transversal, permitindo um capô mais curto e um *design* arrojado que passou a ditar a tendência do setor. Além disso, o veículo mostrava bom desempenho e baixo consumo. Em 1974, inaugurou seu primeiro campo de provas no estado.

Dois fatores vinham influindo na tomada de decisão dos executivos do setor automotivo brasileiro. Com suas imensas áreas cultiváveis, o país reagira rápido ao salto no preço do barril de petróleo que se seguiu ao embargo do óleo árabe em 1973 e ao corte no fornecimento durante a revolução iraniana de 1979. Subsídios públicos pesados haviam sido oferecidos para a pesquisa de motores com combustível alternativo. Em 1975, o governo lançara o Pró-Álcool. A frota nacional em pouco tempo optou maciçamente pelo motor a álcool. Mas no final da década de 80, o preço atraente do mercado internacional fez os usineiros preferirem produzir açúcar ao álcool, criando uma tremenda crise de abastecimento. Além disso, estava em vigor uma nova regulamentação relativa à segurança dos carros sob a pressão do *lobby* das companhias de seguro. Mas tudo foi absorvido pela empresa sem maiores distúrbios e, depois disso, o panorama permaneceu estável por um bom tempo, a não ser por pequenas modificações de praxe no *design* ano a ano.

O projeto de um carro mundial visava um maior intercâmbio de componentes com outras unidades e parceiras da marca no exterior — câmbio japonês, braço da suspensão dianteira australiano e assim por diante. Mas, na prática, a idéia foi perdendo viabilidade na medida em que cada região continuava exigindo algumas adaptações. No Brasil, contudo, a situação foi artificialmente prolongada pelo crescimento nas exportações para Argentina, Chile e Paraguai.

Contudo, em menos de um ano aquele cenário mudou. A indústria automotiva brasileira sempre fora altamente concentrada, um oligopólio de no máximo quatro empresas. Com a abertura abrupta da economia para a importação, o mercado foi tomado por veículos japoneses, franceses, coreanos. O setor como um todo viu-se em apuros: mudanças no gosto do consumidor somadas à forte competição dos carros estrangeiros fizeram vendas e lucros entrarem em parafuso. Demissões de funcionários e remanejamento de pessoal administrativo não foram suficientes na reversão do quadro.

Para enfrentar os desafios daquela nova realidade, a corporação previu que teria de implementar mudanças bem maiores em suas operações. Uma grande parcela do mercado mostrava-se cada vez mais interessada em carros sofisticados com motores eficientes no aproveitamento do combustível. Os executivos brasileiros da empresa sentiram necessidade de buscar uma diferenciação no tratamento com o cliente, na qualidade do produto e na inovação tecnológica. De modo que ações drásticas eram requeridas.

A empresa optou por uma estratégia ousada de *marketing*, deflagrando uma renovação de sua linha de produtos, com cinco lançamentos — um novo modelo sedan, uma picape, um utilitário esportivo e dois mono-volumes. Soube administrar o desafio, ampliando consideravelmente sua logística operacional no Mercosul: venda de veículos CKD, de peças, componentes, e principalmente de serviços de engenharia. Saiu à frente da concorrência, colocando no mercado o primeiro carro popular com injeção eletrônica de combustível. Um novo centro distribuidor de peças já estava em obras, prometendo em no máximo 16 meses iniciar as operações de receber, embalar, separar e despachar peças produzidas pelos fornecedores.

Em meados do ano passado, o *chairman* da corporação estivera no Brasil para anunciar um programa de investimentos de capital da ordem de 3 bilhões de dólares para os próximos sete anos. Era patente a necessidade de ampliar o parque industrial e comercial. Eis que entrou em pauta a melhor utilização daqueles recursos.

A NARRAÇÃO

Em meados do ano passado, Mario conheceu um dos períodos mais atribulados de sua vida. Numa época em que qualquer reunião maior desencadeava a pior boataria — criação de pacotes, confiscos e congelamentos —, Mario acompanhava de maneira insólita os bastidores de um programa econômico para o Ministério da Fazenda, sem poder dar com a língua nos dentes.

A história começou no reencontro de uma tal Adriana Cury (sua ex-colega no curso de pós-graduação) que conjugava — na dose certa — três atributos que em geral calham de estar em sujeitos distintos: inteligência, beleza e um vultuoso saldo bancário. Dito de outro modo, Adriana, além de uma visão adequada das coisas, revelava coisas bem adequadas aos olhos de Mario: seios e quadril exuberantes, informações privilegiadas, e recursos de sobra para dar cabo dos próprios — astronômicos! — cartões de crédito. De Adriana emanava luz e calor.

O ponto é que, por umas e por outras, ofereceu-se a Mario a oportunidade de experimentar com aquela mulher — assistente ainda de um ex-professor de Economia, convocado pelo tal ministro a fazer parte de seu extraordinário grupo de trabalho — uma tórrida e arriscada aventura amorosa. E tudo justamente na época em que sua empresa avaliava as vantagens de permanecer ou não na região metropolitana de São Paulo, onde funcionava a principal planta da companhia, e enquanto o departamento financeiro — no qual Mario trabalhava — fazia a projeção da receita operacional e o demonstrativo de resultados para algumas alternativas possíveis.

O problema era que a fábrica já havia sido ampliada anteriormente e estava em sua capacidade máxima de funcionamento. Além disso, a relação com os metalúrgicos do ABC vinha se complicando mais uma vez. Desde que entrara em cena uma nova força sindical, uma frente afastada tanto do conformismo quanto do radicalismo estéril, tudo parecia promissor. Mas no último ano os sindicatos não vinham mostrando qualquer disposição de aceitar as metas de produção impostas pela empresa. E a negociação do valor da PLR — Participação nos Lucros e nos Resultados, caso elas fossem 100% atingidas — esteve muito difícil, com constantes ameaças de greve. A proposta de continuar em São Caetano do Sul implicava ainda caríssimas desapropriações imobiliárias. O que fazer?

Uma parte importante do *board* da companhia havia sido francamente favorável à construção de um grande complexo industrial na região sul do país. O processo de seleção do novo local ficara a cargo de uma força-tarefa liderada por uma consultoria externa paga a peso de ouro; as análises financeiras, a cargo do departamento de Mario. A proposta era que apenas um terço dos primeiros investimentos — algo em torno de 250 milhões — fosse direcionado ao recondicionamento das antigas plantas e ao custeio do equipamento necessário para a produção dos novos veículos, e que os dois terços restantes — 500 milhões — fossem alocados na construção de um parque inteiramente novo. Mario concordava com isso. Os argumentos eram fortes: aproveitar vantagens fiscais oferecidas por outros estados e ampliar as vendas para o mercado latino-americano e do leste europeu, o que apontara para o Rio Grande do Sul como melhor opção.

Em meio a tudo aquilo, crescia ainda em Mario tanto a confiança no novo programa de estabilização que vinha sendo desenhado nos bastidores do governo, quanto pululavam desconfianças e omissões na instabilidade de sua vida pessoal. O foco daquele plano era duplo: fazer um ajuste fiscal mínimo, com um esquema para flexibilizar 20% do orçamento da União, e resolver o problema fiscal impedindo de algum jeito que a inflação continuasse a se replicar via indexação. E a saída desenhada era algo sofisticado: criar uma moeda indexada — com paridade fixa de 1 para 1 em relação ao dólar — para absorver dia a dia a inflação, convivendo durante um tempo com a moeda velha e hiper-inflacionada, até que esta fosse substituída por uma outra, nova e livre de contaminação. Mario achava a peça excogitada simplesmente obra de gênio, e andava confiante nos caminhos novos e originais que a vida pode tomar. Porém, em setembro daquele ano, todos viveriam uma primeira crise: o plano do governo e o caso extraconjugal. Adriana dera-lhe um ultimato: ou apeasse do casamento, ou deixasse-a em paz. Ele se viu num dilema. O presidente, por sua vez, municiado de uma pesquisa do Ibope, apontava para o grupo de economistas uma direção desconcertante: o povo apoiaria tanto o congelamento de preços como o de salários! O ministro resolveu o impasse decidindo evitar — pelo menos por uns tempos — o contato nefasto entre sua criativa equipe de trabalho e o chefe supremo da nação. Mario pediu um tempo para pensar. Precisava definir logo aquela situação e romper de uma vez com o desatino, só que não havia decidido com qual — o casamento ou a aventura? Na dúvida, achou por bem esticar um pouco mais a vida adúltera. Em novembro passado, tudo começara a se precipitar. A insegurança em relação à conjuntura política quase pôs um fim no plano do governo. Mario e Adriana conseguiram escapar para o Rio de Janeiro — passariam pela primeira vez dois dias completos juntos. Era o feriado de Finados e, na entressafra de ânimos, Adriana pedira um rápido afastamento por estafa. No início de dezembro, tudo estava definido. O ministro veio a público com uma exposição de motivos que deixou a nação estupefata. Adriana partiu para o tudo ou nada. E Mario decidiu: continuaria casado. Mas quando, no último Carnaval, uma medida provisória fizera nascer — a fórceps mas intacta — a tal moeda de transição, a corporação decidiu pelo bom senso de deixar em compasso de espera qualquer plano de expansão. Mario viveu assim uma fase de tédio redobrado. No entanto, já que há mais de dois meses a nova moeda vinha reinando sozinha e muito bem, estavam agora novamente em pauta avaliações e projeções. Aliás, voltaram a Mario certas dúvidas relativas ao sentido do casamento.

Com seu cartão de embarque no bolso do paletó, Mario degusta agora um café expresso no saguão do aeroporto, com uma certa nostalgia. Hoje não iria ao Rio, mas a Porto Alegre. Era um dia de certo modo decisivo. O departamento financeiro, na suposição de que a construção estaria completa em cinco anos — em um escalonamento das obras em 30% no primeiro ano e 18% nos anos subseqüentes —, e na estimativa de três cenários possíveis — um conservador, em que 80% da capacidade produtiva estariam utilizados; um otimista, de 100%, e um pessimista, de 30% —, iria apresentar seus resultados à alta diretoria da empresa. Haviam trabalhado pesado, nas últimas semanas, na construção dos fluxos de caixa, da estimativa do custo de oportunidade ponderado do capital, do valor presente líquido do projeto de investimento, enfim, em todos os aspectos que compunham o demonstrativo de resultados, que seria exposto por ele na reunião de hoje. Para esta manhã, em Porto Alegre, fora marcado um seminário interessante: a avaliação do plano econômico em curso, feita justamente por aquele professor — afastado do governo, mas que seguia com o ministro, que também estaria presente. Mario teria de perdê-la. Adiamento de alguma gratificação? Na reunião, a consultoria apresentará duas ótimas alternativas para o local da nova planta — e ele justamente fora o escalado para acompanhar um corretor numa visita rápida aos locais. Esperavam dele aquela presença convicta de quem foi, viu e tem algo relevante a dizer. Mas... onde foi que anotei mesmo o telefone do cara? Ah, sim: no maldito cartão do hotel... no bolso da camisa... não desta, caramba!... Da camisa que foi lavar. Mario tenta se manter otimista enquanto procura um telefone.

CAPÍTULO 2

A alma do mundo

Laura percebe que ainda é cedo, mas já está cansada. Acordou com a sensação de que não havia dormido o suficiente. Demorara para pegar no sono porque sua mente parecia um *pinball* de idéias mesquinhas e temores fantasmagóricos. Recosta-se no sofá. Apanha o jornal de ontem, passeia os olhos despreocupada. *Menina de 8 anos se divorcia de marido, 30. Um juiz do Iemên dissolveu o casamento de uma menina de 8 anos com um homem de 30 e o tribunal ordenou que ela fosse afastada de seu pai, que forçou o matrimônio. A história da menina virou notícia depois que ela procurou por conta própria o tribunal para pedir divórcio. Ela foi casada por dois meses com Faiz Ali Thamer, que a violentava. A decisão judicial deveu-se à menina não ter chegado à puberdade. Pela lei do país, pais podem casar filhas menores de 15, mas o marido deve consumar a união somente após a puberdade.* Larga a notícia no chão e se afasta como de uma doença contagiosa. *Eis aí, infelizes! Saciai-vos com o belo espetáculo!* Leôncio, a alma de Laura também se dividirá em três. Olha através da vidraça. O jardim da casa é pequeno, mas provoca-lhe um sentimento diário de pudor e reverência. A matéria das coisas ainda está dormente, mas um ânimo cálido se propaga e irradia a atividade no mundo ainda úmido. A pele de Laura se cobre de beijos. O mercúrio sobe um grau. A vitalidade das primeiras horas está em seu nascedouro. Um corpo psíquico nasce da matéria de Laura e paira livre sobre uma paisagem de paz: ora como apetite, ora como sentimento, ora como razão. A transparência revela-se no miúdo e a atmosfera envolve o todo como um véu em vias de se retirar, fazendo brotar nela uma espécie de oração. *Tudo está cheio de deuses.*

Laura desfia seu rosário.

Calada, ter as minhas mais íntimas palavras proferidas pela tua boca.

Aérea e à tua temperatura, escorrer-me por inteira nas raízes deste teu jardim.

Ter na tua cura a minha saúde, na tua pele a minha continência, com a tua fome saciar o meu apetite e todas as coisas assim.

Ser a tua outra, ter em ti, e absolutamente, tudo o que é alheio a mim.

A orquestra mirim prepara seus instrumentos, antes que seja tarde demais. Dispõe as casas, os telhados, os muros de uma aldeia: calçadas limpas, grama cortada, leiteiros em carroças e crianças uniformizadas prontas para ir à escola. No passeio, pessoas educadas se cumprimentam: "Bom dia. Que linda manhã! Passar bem...". Nos quintais, a criação cisca, a horta é regada e alguém prepara um queijo. Cidades ajoelhadas em volta da Matriz. O céu e tudo o que é regido por ele, do empenho humano não se puderam produzir. A vontade aguarda paciente o despertar da razão: é pela manhã que o indivíduo dá-se conta da harmonia em que lhe cabe apenas não atrapalhar. Laura promete.

Dar-te gotas dos melhores instantes, imagens, minúsculas obras, distância, moralidade e contemplação.

Beber a perfeição na majestade do céu estrelado, do mar, nas urânias montanhas desejosas do pai, nas superfícies cintilantes e furta-cor.

Rei, herói, compromissos de vassalagem agarrados a nomes, a homens.
Não! Não deveria ser o teu!
Mais uma vez, a ferida curou-se pela conversa. Falava para os olhos ariscos de Mario quando sentiu que conseguira fazê-los gostar mais e mais do que dizia, e quis que ele a desejasse. Eros. As palavras surgiam de sua boca sem que se esforçasse então para pensar. Simplesmente lhe ocorriam os meandros e ardis, e sentia-se no ar um aroma de boas frases fundindo dois sentimentos que se reconciliavam. Estava salva. E mesmo que fosse decretado o fim e imediatamente anunciado um novo deserto e uma nova deserção, a seiva que envolve a vida tocou Laura entre as pernas. Musa. Ela fecha os olhos e procura descansar. A imaginação se extrai do corpo largado e Laura, em um minuto, adormece.

O bebê precisa ser alimentado. Na sopa, inúmeras letrinhas bóiam sem sentido. O acaso é apenas uma causa desconhecida. O bebê quer ser seduzido a comer. A babá mostra-lhe detalhes encantadores do mundo: a água que brota da argila, os seixos lustrosos que compõem o leito de areia de um riacho. A água límpida a se debulhar pela rocha em bilhares de esferas minúsculas e transparentes. Corre, rio, corre, por gargantas e despenhadeiros! Na planície, uma relva forra o chão de pequenas folhas claras e enredadas por formas vivas. Um reflexo púrpura. É uma flor miúda que coroará a rainha. Formigas em fila somem atarefadas por um olho do chão. Montanhas em cópula com o céu. Vales úmidos cobertos de mata virgem. O ventre colossal da terra sustentando tudo. Uma cabra parada, diante de uma longa subida, rumina sua marcha lenta. Em volta dela, uma ciranda de circunstâncias astrais, a guirlanda de estrelas fixas e planetas. Uma razão dotou o universo de ordem e formas. Olhe para a noite: as estrelas são a imitação móvel da eternidade.

A colher em aviãozinho despeja a papa goela abaixo. O bebê está impaciente e tudo, em constante fluxo. Rios de larvas circulam num sistema hidrográfico infernal. As vísceras pulsam discretamente naquela pancinha faminta. Mas está quente. A babá assopra para esfriar. Um hálito úmido e morno invade e permeia tudo. A comida será dividida em partes cada vez menores até que se acabe. A mucosa absorverá o suco. *A natureza ama se esconder.* Mas uma membrana guardiã do núcleo será rompida no seu devido tempo. *Da tensão de um contra o outro nascerá conexão e harmonia.* O bebê crescerá e se tornará um menino.

Um carro pára no sinal. As ondas a rugir mansinho lavam a areia de conchinhas. Uma canoa se afasta da rebentação e desliza silenciosa no deserto salgado de reflexos argênteos. Uma tecelã paciente fia sua roca. Em alto-mar, uma menina nasce da vulva madrepérola de conchas que se abrem. A menina é uma ninfa que se oferece ao mundo. Homens em uma gruta trabalham com fogo e metalurgia. Na esquina, um garoto se aproxima. Agora, são três velhas a fiar. Mas a criança deveria estar na escola! Caderno pautado, lápis rombudo e sulcos, e sombras e páginas com orelhas. Burro: é mandado para o canto, de castigo. O pequeno bode expiatório expurgará sua humilhação no mundo, na esquina. Com um gesto rápido, o menino puxa algo do bolso. Que bom: são apenas seus malabares! Empunha dois. Lança para o ar uma fita abstrata que obedece ao seu comando e permanece lá, quieta mas sempre girando. O público assiste ao espetáculo. Agora, são duas as fitas em rotação. A outra, como um chicote, corta aquela perpendicularmente. Uma vez, duas, três. A dança das esferas não durará mais do que um instante: o minuto que estará sempre presente. Brilha a luz amarela do sol. A criança agradece. É um rei-menino que se apresenta. O motorista procura uma moeda no bolso e parte.

O bebê não consegue se aquietar. A babá lança mão de um último recurso. Escuta. Ouve, criança! A verdade é que, para lá disto tudo, não há nada. Nada. Descansa filhinho, dorme sossegado. Sossega, menino. O seu corpo veio do corpo do mundo. *E o mundo, não o criou nenhum deus, tampouco algum homem, mas sempre foi, é e será.*

O telefone toca. Laura desperta num sobressalto e nada daquilo sobrevive. Quando tira o fone do gancho, já sabe quem é.

— May? Algum problema?

Ela ouve apenas recomendações para procurar no bolso da camisa que foi lavar um cartão em que no verso está anotado um certo número importante. Laura executa rapidamente as ordens do marido uma a uma: encontra o que ele pediu, dita-lhe um número de telefone e só escuta alto sua própria voz. Boa viagem.

Nada de grave. Laura sentia-se, agora, ligeiramente derrotada. Fora deixada ali, com aquela casa que parecia-lhe imensa para reanimar, como um corpo de bicho a ser civilizado. Caos. O espírito de Laura despenca com toda a gravidade ao inferno, ao tártaro. Laura pisca. Uma faísca. Passam diante dos seus olhos uma anta e uma mula por uma estrada de terra roxa, batida. *Deixai aqui todas as esperanças.* Laura vira uma onça. Caronte espera por alguém em sua canoa à margem do Arqueronte. Quem? Andrea ou Mario. Em belos jardins, os filósofos suspiram sua lastimosa inatividade, aprisionados para sempre desde a vinda do filho de Deus. Livros. Bibliotecas. Academias de letras. Liceus. Será o mal um efeito não previsto por eles, que tentaram tanto acertar? Por que aquela urgência de Mario em saber um número de telefone no cartão de um hotel? Ele cai um degrau abaixo, pela esquerda, para o lugar ventoso dos incontinentes, dos luxuriosos. Lá onde uma chuva de recriminações açoita os gulosos e ondas

de pródigos chocam-se contra a pedra dos avarentos.
Uma sombra densa a engole como um ralo.
Sua imaginação, abaixo e pela esquerda,
mais uma vez. Laura respira e pensa.
O barqueiro Flégias espera Mario,
às margens quietas do Estige.
Orco malcheiroso despenca.
A torre. O Minotauro,
centauros e Fúrias.
Tiranos e Quiron.
O Flegetonte,
em chamas.
Malebolge!

    Laura respira fundo. Mario está agora em maus bornais: em qual das dez covas que fervem em piche negro? Alcoviteiro. Adulador. Laura passa por simoníacos e advinhos, mas continua a procurar pelo marido. Trapaceiro. A vida de Mario era mesmo estranha, e pontuada por zonas que ela desconhecia. Mas ela hesitava em fazer perguntas sobre tudo o que supunha que ele achasse que fosse algo que já deveria saber. E por isso mesmo havia tanta coisa suspeita e desconhecida. Tanta que nem se lembrava e, decididamente, haveria agora de fato algo que Laura tentaria esquecer. Infiel. E havia ainda uma vaga sensação de ilícito, alguma coisa talvez nos procedimentos financeiros da empresa, sobre o que Mario não gosta de comentar. O tipo de assunto técnico que ela não entende mesmo. Tampouco procura entender. Malversador de dinheiro público? No máximo um falsário, um mau conselheiro, um semeador de cismas, um imitador barato. Ou talvez Mario julgue que, em algumas das coisas que faz, Laura o desaprovaria. Traidor da pátria e de benfeitores, traidor de amigos. O último dos últimos: homicida do próprio sangue. Não encontra o marido. O pé de Laura bate no fundo, como que num chão nevoento, mas ganha impulso. E o prestígio do marido volta a subir e subir. *O caminho para cima e para baixo é uno e o mesmo.*

Laura, algumas vezes, sentia na pele a animosidade do marido. Pequenos atritos entre humores ligeiramente irritados e vozes dissimulando a vontade de atacar, sob um ar de cuidado. Pêlos eriçados em sinal de ameaça. *Ela é o tipo de pessoa diante da qual todos pensam triunfar sem muito esforço.* Mas havia nela algo que exasperava o marido aqui e ali, um desacerto. Começava pelos desencontros de horário — um se atrasa, o outro fica esperando — e implicâncias clássicas — não dar o recado; ir, fazer e não contar. Desajustes sem tolerância de manobras. Quem se submete, desta vez, aos pequenos caprichos do outro? Comidas que não caem bem, bebidas em excesso, pequenas ou grandes azias, insônias. O que ele mais detesta em mim é minha parafernália, o arsenal de pequenos costumes, hábitos, ritos e objetos que minha pose diante da vida requer. Enerva-lhe a quantidade de detalhes, lápis, canetas, folhas, cadernos — uma aura maneirista poluindo meu trabalho — e também os cremes, os batons e os sapatos desconfortáveis a confirmar futilmente meu gênero, a maneira peculiar que tenho de lidar com roupas.

Laura não sabia bem como aqueles sensores recíprocos operavam, mas o fato é que a meteorologia matrimonial também estava sujeita ao efeito borboleta. Precipitações e surpresas, previsões vergonhosamente desacreditadas, longas calmarias faziam-na pensar na paz de corredores, nos túneis e nos fios de navalha. Tudo sujeito à mudança. A paz ou a guerra sempre possíveis no horizonte. Laura aprendeu que o excesso de entusiasmo deixa o marido precavido, depois desconfiado, finalmente lesado. Algumas vezes, ela cismava que Mario tinha alguma coisa a dizer mas não falava. Isso a deixava curiosa, intrigada, doente. Punha-se a interrogá-lo, cercá-lo, espremê-lo, até ele estourar. Ouvia, então, num misto de prazer e descontentamento, o que ele improvisava para lhe dizer.

Mas agora Laura está naquele purgatório. Livre, mas no purgatório. Ela pisca. O olhar perdido passeia então pela parede da sala. Demorou anos para reconhecer que o homem desenhado ali traz na mão uma arma. Sua atenção recaía no canto e nunca vira o suicida. O zumbido de uma mosca a se bater tonta por dentro do abajur ajuda Laura a se levantar para arrumar o quadro que está fora do prumo. Ela decide se distrair com o que tem pela frente. Tocando na moldura, constata que está empoeirada. Um dia a terra recobrirá tudo. Liga o rádio para fazer-lhe companhia e volta inspirada para a cozinha. Uma música toca, definindo na hora um estado de ânimo, acordando em Laura o que quer. Tudo se inunda da mesma atmosfera fluente de um outro dia qualquer. Seus ouvidos conscientes articulam o som, que se dissipa ao mergulhar de volta na imaginação dela. A música, contudo, permanecerá ali, tornando o ar inteligente e modelando em seu coração alegrias e sofrimentos de um amor alheio. Só isto por um momento parece existir.

Decide, antes de tudo, preparar um expresso na cafeteira italiana com o pó extra-forte. A distinção para consigo costuma assegurar-lhe valor. Prepara os apetrechos, acende o fogo e vai até a cômoda da sala buscar a caixa de cigarrilhas. Claro. Primeiro, um bom café. Depois, fumar — o que é alvo da censura e do desprezo de Mario, sempre. Sua convicção regride e Laura duvida do agradável, se desaprovado pelos outros. Mas quando se dá conta, os procedimentos já estavam em curso. Laura vê que o líquido espoca pelo bico da cafeteira e serve a si mesma com formalidade. Sorve o café forte e acende o cigarro. O gás do fósforo intoxica as esperanças de Laura. Em um minuto, estava convertida. Uma tossida arrancou de fato um catarro qualquer do pulmão. Maceta a ponta do cigarro contra a borda canelada do cinzeiro, com o qual já sai na mão, andando em direção à cozinha, como a se desfazer de pistas. Sente-se agora em dívida, devedora de alguma coisa, disposta a prestar um serviço gratuitamente. O estado de servidão aduz seu próximo ato de submissão. Uma idéia qualquer passa pela cabeça de Laura, mas ela recusa o pensamento porque o acha feio. Não, o problema não são as palavras, mas o fato de estar desgastada a idéia a ponto de não acrescentar mais nada para mim. Esforça-se para pensar melhor sobre o sentimento que tem: sou o tipo de pessoa que não gosta de ver copos de bebida na pia pela manhã. Laura limpa o cinzeiro e volta com ele para a sala.

Bonito ou feio, o negócio é que alguém tem de executar a cada dia o trabalho escravo, sem o que este pedaço de mundo passará da zona de risco à selva. Hoje é o dia de Laura, que sobe a escada. Cumpre animar este gigantesco ser, inundar seu corpo de luz e ar; sacudir o pó, aparar suas unhas, dar-lhe o que comer, dar-lhe o que beber. Abrir as janelas, recolher ou recolocar dezenas de objetos no lugar — uma trilha de gestos resignados e constantes, com raras surpresas, uma dança mais ou menos graciosa. Para cada camisa social, passam um bom tempo no ferro moças de pernas cobiçadas, passageiras. Cama a estender, toalhas a secar. Roupa branca exalando cheiros de corpos familiares. Roupas pretas, amarelas, azuis e o cinza: tudo se resolve no cinza. Descer com o que é para lavar. Laura pisa a lavanderia anexa à cozinha e sente uma ligeira vertigem. Ao sair da zona sombreada e expor-se ao golpe de luz teme convulsionar. O coração acelera-lhe o pulso e Laura sabe que também o seu corpo é uma máquina sofisticada, mas prestes a parar. O telhado de vidro incandesce e, do topo da mente, tudo é uma visão de branco a descolar-se de um corpo movente. Laura por um minuto crê em Deus, o tempo suficiente para pedir-lhe socorro. Nisso, tudo volta ao normal. Ela, em seu juízo perfeito. Laura convive melhor com os loucos, os doentes, com todo tipo de gente esquisita, sem deus. Não porque se sinta superior, mas por sentir-se igual. Laura é do tipo que se presta a acompanhar um resto de sabonete até seus últimos momentos. Mario não tem paciência com tocos e pasta de dente no final. Mas o mundo de Laura está de braços abertos para as coisas incompletas que querem se completar. O pano de pó amarelo alerta Laura de que deve varrer, varrer bastante. Laura gosta de varrer, embora tenha preguiça de recolher o lixo com a pá. Maneja o cabo escovando o chão, produzindo uma felpa cinzenta que empurra enroscada nos pêlos da vassoura até o canto da cozinha. Ponto. Laura está redimida de parte das impurezas do mundo. A surdez que acompanhou os trabalhos permite agora que Laura ouça a música. O cantor está lá, esgoelando-se, no auge do *show*. Ela não sabe bem de quê se trata, mas ele há de recompor-se e seguirão juntos até o fim. Enfunada como uma grande colcha de panos, a casa navega de vento em popa pela manhã que principia a esquentar.

Laura está pronta para tomar seu banho. O dia para ela se divide nitidamente em antes e após o banho. Primeiro, sua imaginação flutua sonolenta por planícies algo irreais acerca de suas obrigações. Durante o banho, revalida sua própria humanidade, galga os degraus um a um — água, sabonete, pente, perfume e batom —, e cosmopoliza seja a professora, seja uma usuária de serviços públicos, seja a compradora eventual: o que quer que calhe em uma agenda que Laura, de fato, não tem. Uma luz amarela tinge nesgas pela janela, de onde promete fervilhar o vai-e-vem de carros longe na avenida.

O cantor se calou. Laura olha de relance para o jardim. Ela é uma planta viciada pelo sol da manhã e melancólica ao cair da tarde. O verde claro precisa impregnar-lhe a visão para que alcance um estado mínimo de ânimo. Volta para o quarto e fecha a porta. A cama em que se deita ainda está toda revirada e ventilada dos humores recentes. Laura estira a coluna sobre o lençol pregueado da noite, põe as pernas para cima e faz cinqüenta abdominais, com as mãos agarradas à cabeceira. Ela sabe que isso — alternar com gestos inusitados a mecânica muscular rotineira — produzirá um corpo agradecido. Um pouco de bicicleta no ar, como percorrendo a fita de trás para diante. Pensa em sua avó, elegante e fria. Ana até o fim da vida jogava com a cadeira de maneira espantosamente lubrificada, e manteve o ventre esbelto, como cabe a uma mulher verdadeiramente educada. Quando sua avó morreu, Laura imaginou que o mundo nunca mais seria o mesmo. Foi então que, para sua surpresa, soube que tudo continuaria a ser absolutamente como sempre fora, apesar daquela ausência avassaladora. A morte de pessoas não afeta a ordem do mundo. A constatação deixou-a desconcertada e a isso se somou o sentimento de que havia de alguma maneira traído o amor que sentia por ela.

 O papel de dar vida ao imenso corpo da casa é meu e é nisso que muitas vezes colapso. Mario não percebe sinais de morte no que temos em comum. As maçãs, intactas desde o supermercado, tudo estando na mesma, em pouco se tornarão repugnantes, prontas para o lixo. Desta vez, ninguém teve apetite por elas. Mas, e se acontecer de chegarmos do parque amantes de saúde, pedindo fruta para saborear? Caso nunca esteja ali uma maçã suculenta, contra a grama verde destacada desta janela, eu e Mario estaríamos expulsos de nosso próprio paraíso. Flores de plástico. Laura apaga, de fato, alguns problemas éticos com critérios estéticos. A beleza para Laura mede quase tudo no mundo: até o *display* de alimentos dentro da geladeira. É preciso um olhar dedicado a ressaltar-lhes a decência, a dignidade, a propriedade. Quando se acende a luz interna ao abrir a porta, um espetáculo de alternativas nutricionais é oferecido ao espectador. Até mesmo esta cena fugaz pode ser estimada em termos de bom gosto. Mario aspira a uma vida com frutas, jardim e beleza. O amor dela por ele estava plantado em três pilares: experimentava ao lado de Mario uma liberdade ímpar e sentia um imenso prazer em conversar com ele enquanto caminhavam, duas condições que favoreciam Laura a ter por Mario um tipo muito gratificante de atração sexual. Mas o trabalho da casa em duo era letal. Isso me faz percebê-lo como um irmão. Ao lado de Mario como irmão, o andar de Laura se dava então em dois tempos: uma marcha funcional, sempre em linha reta, os olhos para dentro, em algo por acontecer. Desejaria mais vezes ter o movimento de precessão de meu andar notado pelos olhos quentes de Mario, ter incentivado o gingo elíptico que me põe mais lânguida. Levar as ancas do oriente ao ocidente de mim mesma, azeitando o eixo no contornar. Pois até isto cabe a mim cultivar. Um rei louco habita Mario em seu desvairio. Um senhor na seriedade de suas atribuições vive em seu próprio hemisfério. *Dispensadas, minhas fisionomias se recolhem nesta caixinha que sou eu.*

Que eu faça com serenidade o trabalho da circulação escrava desta casa!

O PERSONAGEM PERDE O SEU TOPETE

Mario desliga o telefone e respira aliviado. Procura um lugar para sentar. Enquanto espera no portão de embarque, começa a folhear as páginas de uma revista que trazia em sua pasta. Tenta ler, mas o tédio interpola um enorme desinteresse entre um parágrafo e outro. Fecha aquilo e fica olhando fixo para a capa. Seus olhos tombam para o canto da página. 0928102674. O hachurado pisca maroto para Mario, ora do branco ora do preto. A redundância do padrão fez sua vista poupar-se de qualquer empenho de análise e desgarrar-se rumo ao desconhecido. Mario fecha os olhos em busca de qualquer coisa segura para apoiar-se, em sua própria imaginação. O tempo escoa pelo ralo e uma ciranda de grãos de arroz põe-se a rodopiar enjoativamente no buraco que agora tem por mente. Sente uma vertigem e volta-se para o mundo dos negócios. Tira o relatório da pasta decidido a trabalhar em qualquer coisa de útil.

TABELA 1

Data	Capacidade instalada/ capacidade projetada	Capacidade instalada	Preço médio dos veículos construídos	Receita com 100% da capacidade utilizada/ cenário otimista	Receita com 80% da capacidade utilizada/ cenário conservador	Receita com 30% da capacidade utilizada/ cenário pessimista
1995	30,00%	27.000	R$ 20.000	R$ 540.000.000	R$ 432.000.000	R$ 162.000.000
1996	48,00%	43.200	R$ 20.000	R$ 864.000.000	R$ 691.200.000	R$ 259.200.000
1997	65,00%	58.500	R$ 20.000	R$ 1.170.000.000	R$ 936.000.000	R$ 351.000.000
1998	83,00%	74.700	R$ 20.000	R$ 1.494.000.000	R$ 1.195.200.000	R$ 448.200.000
1999	100,00%	90.000	R$ 20.000	R$ 1.800.000.000	R$ 1.440.000.000	R$ 540.000.000

Mas o seu olhar longínquo e desatencioso vasculha a textura de números zero buscando detectar qualquer mudança no tipo e na densidade dos *textons*, em vão. E quando num sobressalto de concentração, fixa a vista nos outros numerais — distantes uns dos outros em mais que o dobro do tamanho de seus próprios elementos —, a tessitura esgarçada daqueles fatos impede uma adequada discriminação. Fecha os olhos e escorrega o corpo na poltrona. O temor de perder o vôo injeta-lhe adrenalina, mas o balcão vazio o tranqüilizou. Tenta embalar-se ouvindo a própria respiração. Em um segundo, seu corpo está largado. Desliga. A imaginação liberta dos músculos permanece cativa, cochila.

Estava no fundo de um pequeno auditório. No palco, o *office-boy* da empresa era o foco das atenções. Lia uma declaração à imprensa comunicando a conquista do CMMI nível 2. Um sujeito de poncho convidava o menino a sentar e sorteava a primeira questão. Qual a novidade em tecnologia de informação? O garoto tirava do bolso um pedaço de papel e respondia: a aplicação de códigos de barras nos cem componentes críticos para o rastreamento das peças, reduzindo o número de carros incluídos em *recalls*. Certíssimo. Que componentes são esses? Painel, conjunto de alimentação, conjunto de suspensão, molas... O menino agora hesitava. Olhou para Mario pedindo cola. Uma roleta foi acionada tec tec tec tec tec a bolinha ia parando até que o *croupier* cantou: 96. Que sorte! Era o número que ele tinha na mão. Levantava-se para buscar seu prêmio mas, ao chegar lá, viu-se numa armadilha. Só seria solto depois de responder a uma nova pergunta. Mocinhas em duas peças faziam coreografias ensaiadas. Rufar dos tambores. Qual seria o combustível do futuro? Sem pestanejar, respondeu: hidrogênio líquido. No palco, carrinhos brancos desfilavam, comandados por um controle remoto. Todos Volkswagen, mau pressentimento. O *office-boy* agora era um anão que se preparava para abastecê-los: macacão azul de mecânico, luvas e máscara de cirurgia. Errado! As estações de abastecimento ainda não serão seguras o suficiente: 10 rodadas sem jogar. A voz do peruano era ouvida por um alto-falante. Nisso, um cilindro verde trazido pelas mocinhas explode.

Num sobressalto, Mario abre os olhos alucinados e passa a mão pela testa fria. Um Boeing rompera a barreira do som. Devo estar ficando louco, isto sim... A aeromoça no balcão anunciava o embarque imediato. Mario religa seu contato com o ambiente. Ruídos mecânicos de fundo confirmam que a cidade não deixou de funcionar. Numa esquina longínqüa, um táxi apressado breca bruscamente diante de um sinal amarelo. O motorista se dá conta de que fora contaminado pela ansiedade do primeiro passageiro.

— Merda!

Tampouco o mundo. No monte Heridon, um arqueólogo israelense continua sua busca pelo túmulo do rei Herodes, governador da Judéia durante a ocupação romana e mandante do infanticídio de Belém.

De seu assento na janela, Mario olha agora a pista enquanto o avião taxia.

Havia conhecido Laura em uma praia do Rio de Janeiro, dez anos atrás. Era uma tarde de outono e batia uma brisa suave. O mar parecia um tapete estanho de vidrilhos inquietos. Mario estava lá, com alguns amigos. Rapazes dispostos a bater uma bola, depois de uma daquelas manhãs em que se passa estatelado na areia entre um mergulho e outro na água fria e revigorante. Agora, de volta à orla, esperavam completar o time para começar o jogo. O sol ameaçava se pôr. E foi assim que viu Laura pela primeira vez: afastada do grupo, que incluía duas amigas dela requisitadas para a torcida. Entre todos uma afinidade masculina obscenamente física prometia músculos rijos e umidade no ar. Um pano leve recebia o corpo de Laura recostado na areia. Ela parecia recém-saída do banho, com cabelos ainda molhados. Usava um vestido de flores miúdas e casaco de linha e parecia mergulhada na leitura. A gravidade daquela atitude destoava e sugava tudo o mais à sua volta. Reparou que ela apoiava no quadril um tipo de livro cujo cheiro e a textura do papel, a letra, o tom e a sobriedade da capa, os mínimos detalhes trabalhavam para subjugar as aspirações de Mario a uma forma extremamente abstrata de poder.

E, apesar do magnetismo criado pelos passes da bola querendo rolar, sentia a resistência de algo prestes a ser ultrapassado. E era mais do que aquela momentânea prontidão para o jogo. Percebia a coação de uma promessa que o atraía, e o mero fato de querê-la propiciava-lhe uma agradável sensação de poder. Mario viu-se estranhamente submetido aos caprichos de alguma coisa difusa, que se apresentava como um desejo irresistível de sentar-se ao lado daquela desconhecida, deitar a cabeça no colo dela e sentir o aroma permissivo que os seios jovens de uma mulher exalam quando percebe que é desejada. Havia alguma coisa que se oferecia a Mario como bastante superior. E nele, algo que queria se impor e algo que precisava ser vencido. Sentia em seus músculos a impulsão opressiva daquilo que o obcecava — "Quero aquele corpo para mim. Preciso estar lá, junto dela... agora...". A certeza vinha com a aura sedutora do desejo de roçar sua pele naquelas pernas bronzeadas e na curiosidade de saber, afinal, o que aquela menina fazia ali, com aquele fetiche entreaberto nas mãos. Foi neste afeto complexo, na ânsia que isso envolvia e na cegueira de que tudo o mais haveria de ceder, que se inscreveu em Mario a primeira impressão sobre Laura. Ele, por sua vez, destoava no grupo de rapazes entre 17 e 20 anos que compunham com hormônios uma espécie de fratria de corpos olímpicos. Sua compleição entroncada denunciava sombras de uma maturidade mais completa e viril. O time agora estava fechado. O jogo transcorreu sem lances especiais. Quando a partida chegou ao fim, nada daquilo havia sobrevivido. Somente a leve consciência de Mario dos conflitos que traria dentro de si.

Alguns dias depois, a mesma turma se reencontrava num bar. Foi quando se viram apresentados um ao outro e Mario soube então que ela era paulista, chamava-se Laura, e passava alguns dias no Rio de Janeiro, na casa de uma amiga. A conversa vagava de um assunto banal a outro, até que começaram a falar sobre um filme — que ele não assistira — e de um aspecto específico da história, relacionado a meninas irlandesas que, por terem engravidado antes de casar, tinham seus bebês entregues à adoção e acabavam como noviças, trabalhando na lavanderia do convento no limite de suas capacidades, como uma forma de purgar a alma e remover as nódoas do pecado que haviam cometido. Disso foi um pulo para uma discussão calorosa sobre instinto materno *versus* aborto. Embora levemente curioso pelo filme, Mario não tinha interesse maior pelo assunto, tampouco uma opinião clara sobre como as coisas deveriam ou não deveriam ser. Ele apenas se sentia ligeiramente deslocado, um tanto tenso, e percebia que um dos rapazes — um estudante de arquitetura, *musculoso como um buldogue* — falava coisas inteligentes e pertinentes. E que Laura o ouvia mantendo um silêncio de admiração. Ele tinha consciência de que não era bom para distinguir coisas mais complexas e de que fácil, fácil, trocaria aquele falatório cacete pelo que era bem capaz de fazer, se estivessem a sós numa sala de cinema. Mario sentia ciúmes da conversa. Mas nunca se esqueceu do único comentário feito por Laura naquela ocasião: que as mulheres estudam, sobretudo, para disputarem entre si os melhores maridos — quer admitissem isso ou não —, pois para elas a educação é uma forma de *status*, um tanto mais trabalhosa do que a beleza física; e por isso a produção feminina em ciência e literatura se manterá insignificante por muito tempo, o que era uma pena. A observação de Laura suscitou uma polêmica ainda maior, só que estavam então contra ela todas as mulheres do grupo. E foi assim que passou pela cabeça de Mario que, se algum dia se casasse, seria com uma escritora, embora ele não acreditasse que esse dia de fato pudesse chegar.

Naquela ocasião, Mario já estava com seus 25 anos completos e o grau de Engenheiro. Era um velejador diletante que acabara de ingressar no melhor curso de pós-graduação em Economia do Rio de Janeiro. Em dois anos, seus estudos estariam de vento em popa. Foi quando leu o livro que maior influência teve em toda sua vida — *Inflação zero: Brasil, Ar-*

gentina e Israel —, e do qual recebeu uma boa lufada de ar para terminar uma dissertação que estava perigando azedar — *Controle inflacionário, sacrifice ratios e desemprego: Brasil*. Era o auge de seu entusiasmo com o setor público. Havia confiado piamente no êxito de seus professores em mais uma cruzada pela estabilização — congelamento de preços com gatilho salarial na marca dos 20%. Em pouco tempo, contudo, o barco começara a fazer água. Os bens haviam desaparecido das prateleiras, a oferta definhava a olhos nus, e em surdina até medidas extremas vinham sendo cogitadas — a demissão de 20% dos funcionários públicos, o que ele próprio via como última saída. De sorte que, tão logo obtida uma vitória esmagadora nas urnas, o governo soltou todas as amarras da economia, e a nação viu-se novamente em rota de naufrágio. Na noite de 22 de novembro daquele ano — jamais se esqueceria da data — ele e seus colegas de pós-graduação tomaram o maior porre de suas vidas. Em um bar de Copacabana eles bebiam vodca enquanto a televisão exibia uma luta histórica: no ringue do MGM Hotel em Las Vegas estava em jogo o cinturão mais cobiçado do boxe e um gigante na categoria dos pesos pesados sagrava-se campeão, enquanto a economia brasileira perdia por nocaute e aqueles jovens apeavam de suas esperanças no futuro do país.

    Depois disso, ficaram um bom tempo sem se ver. Mas, um ano depois, Mario já estava firme no setor privado. Foi quando aceitou uma oferta irrecusável de emprego em São Paulo. E, numa festa onde foi parar não se lembra bem como, reencontrou Laura. Inundado de repente pelos sentimentos primitivos que voltavam para desconcertá-lo, viu-se subitamente a lançar perguntas desencontradas, a responder sem se dar conta do que dizia. E foi assim que conversaram pela primeira vez. Do assunto, não tem a menor idéia, mas lembra que ficou irritado com aquele papel patético. Com alguma dificuldade — falsos desencontros; espera por telefonemas que ora um, ora outro impunha; programas desmarcados na última hora —, a comunicação finalmente começou a funcionar de maneira desimpedida entre eles. Dia vai, dia vem — a convivência excelente, apesar das marolas no enigma do novo relacionamento —, Mario subitamente põe na cabeça que quer se casar.

Tudo a respeito de Laura parecia-lhe interessante e refinado. A maneira como falava dela transparecia um encantamento tal que os amigos suspeitavam que sua paixão por Laura era inteiramente desproporcional ao valor do objeto. Havia também um outro detalhe que o incomodara bastante. Quando anunciaram a Andrea, o pai de Laura, que iriam se casar, o comentário do sogro pareceu-lhe ligeiramente hostil: o que levava um jovem esclarecido como ele a dar um passo destes tão cedo na vida? Mario respondeu que já não era tão moço — tinha 30 anos — e que sabia muito bem o que queria, tanto na vida profissional, como na vida afetiva. Mas, no íntimo, interpretou aquelas palavras como uma indireta desaprovação ao parceiro que a filha havia escolhido.

Depois disso, as coisas se passaram num piscar de olhos. A cerimônia civil aconteceu em quatro meses. O jovem casal foi morar no apartamento que Mario já alugava, com um ou outro novo detalhe na decoração. Em seis meses a corporação em que ele trabalhava propôs a Mario um curso de extensão em uma faculdade norte-americana. Para ele seria uma grande oportunidade de ampliar suas possibilidades profissionais. Laura, recém-formada em Letras, aproveitaria para continuar os estudos e colocar no horizonte uma pós-graduação em línguas clássicas. De maneira que, em menos de um ano, eles estavam vivendo em Chicago.

A ida para aquela cidade espetacular lançou os dois pombinhos num cenário de civilização e modernidade. Mario adaptou-se prontamente. Passou a sentir orgulho por ir de trem à faculdade, usar o metrô e, particularmente, por se mostrar bem vestido justo nessas ocasiões. Passou a ler o jornal durante o trajeto e tinha na pasta sempre um romance clássico para a volta ao lar. Criou o hábito de ouvir rádio enquanto ajudava a mulher a lavar a louça, e a passar a própria camisa a ferro aos domingos enquanto acompanhava as partidas de *baseball* pela TV. E o futuro parecia sorrir para ele como que admirado de antemão pelo que estava por vir.

 Mario convencera-se de que tinha a seu lado a mulher certa. De fato, Laura era bonita sem ser vulgar. Embora pequena — e Mario trazia a convicção de que nenhuma mulher baixa poderia ser realmente bela — tinha uma face bem modelada e uma pele simplesmente perfeita. Seus olhos cor de mel escureciam para fora, com rasgos violetas e contorno preto como o nanquim. É bem verdade que o efeito se fazia mais evidente porque Laura usava óculos e suas íris por meio deles se mostravam aumentadas — e por isso ele preferia vê-la usando lentes de contato, no que ela o atendia regularmente. O queixo e o nariz avançavam normativamente para um mesmo ponto de fuga de maneira esperta e concentrada, como se para lá todas as linhas do mundo tivessem de convergir. Mas para Mario, o ponto alto do rosto de Laura eram as maçãs ligeiramente tostadas como uma bisnaga de pão francês. Sem falar em suas pernas bem mais modernas do que o resto do corpo, caindo retas, sem torneados, terminando em pés pequenos e perfeitos.

 E Laura era inteligente sem ser pernóstica. Eles, os olhos, quase sempre se lançavam de cima para baixo, conferindo-lhe um ar distinto e retirado. Exibia um distanciamento que só o hábito da abstração permite o indivíduo tomar. E era justamente deste ponto de vista — um tanto longínquo — que Laura percebia as raras oportunidades de incidir nas coisas do mundo e de participar das conversas. E não apenas isso. O tipo de opinião que se poderia esperar dela vinha quase sempre chancelado por esta objetividade, e com uma marca de classe, isto é, do tipo particular do ambiente familiar de Laura — muito diferente do seu, diga-se de passagem. Estas eram as armas de Laura para se proteger do ambiente social — pois sua atitude face ao mundo tinha um quê de animal acuado.

Contudo, Laura era bem nascida, por assim dizer, embora houvesse nela algo de provinciano. O sogro de Mario era um imigrante italiano; a sogra, filha de um fazendeiro falido. Mas Andrea Ni estava longe de ser um daqueles europeus humildes que haviam chegado ao Brasil para substituir a mão-de-obra escrava, ou um artesão decidido a jogar na sorte das Américas para vender a qualidade de seu ofício à aristocracia local. Não. Ele chegara ao Brasil sozinho em 1948, com vinte e nove anos de idade, formado em Engenharia, e consolidado num emprego de jornalista: correspondente do caderno de Economia do *Corriere della Sera*, para cobrir o caso de um certo colecionador brasileiro totalmente desconhecido nos mercados de arte da Europa — quebrada pela guerra —, que vinha investindo cifras astronômicas na compra de obras muitíssimo bem selecionadas. Para espanto dos europeus, foram gastos na época 5 milhões de dólares em Ticiano, Cézanne, Van Dyck, Renoir, Gauguin, Rembrandt, Van Gogh, Velásquez, Rodin, Rouault, Goya, Braque, Picasso, Matisse, Maillol. Para investigar o que havia por trás disso, foi que Andrea Ni veio parar em São Paulo. Na sua até então curta estadia conheceu Sonia, a jovem filha de um fazendeiro de café em maus lençóis, dez anos mais jovem do que ele, por quem se apaixonou loucamente e com quem se viu casado pouco tempo depois. Em dois anos era um residente do Brasil. Viveram um período sem pensar em ter filhos. Até que a mulher madura e saudável lhe deu uma linda família — Olivia, Laura e Martim.

Este era o mundo no qual Mario havia ingressado ao se casar com Laura.

Decididamente, estivera feliz de volta aos estudos em Chicago. Aquela felicidade parecia-lhe *um fenômeno inteiramente natural, coerente, e rigorosamente lógico.* Acreditava *que o homem é o criador da sua própria felicidade* e que colhia exatamente aquilo que ele mesmo havia plantado. *Sim, e o firmo sem qualquer afetação, aquela felicidade fui eu mesmo que a construí e possuía por direito.* De maneira que o controle que Mario supunha ter atingido sobre os rumos de sua existência vinha da retumbante competência que atribuía à sua própria agência: ao valor e adequação de tudo aquilo que obtivera, à exatidão dos fins que elegera para dirigirem uma trajetória que parecia conformada pelos êxitos, à força de vontade e à racionalidade acerca do melhor caminho para estar lá. Autonomia e bom desempenho. *E embora pouca coisa então pudesse ser acrescentada ao seu inebriante estado mental, muito havia para ser tirado dele.*

Foi com este inflacionado sentimento de confiança e uma elevação desmedida na auto-estima que Mario de repente estava de volta ao Brasil. O retorno não foi fácil, ainda que instantâneo. A importância que ele dava ao fato de ter morado fora parecia não significar algo assim tão especial para mais ninguém. Notava que a súbita virada em seu destino inspirara, até em seus melhores amigos, um sentimento indisfarçável de inveja, de forma que as congratulações soavam pouco sinceras e a alegria impostada. Mas ele e Laura não se furtaram em aparecer como os eleitos pela boa fortuna. Haviam inclusive prometido um ao outro que levariam aqui o mesmo tipo de vida levado lá: concentração no trabalho, conversas serenas, vida doméstica enxuta, leitura, passeios ao parque e museus. Contudo, uma série de novas circunstâncias mostrava a ele que também no trabalho as portas não haviam se aberto tanto quanto imaginara. A economia passava por novas turbulências e a empresa enfrentava novos desafios. Em pouco tempo tudo aquilo estava esgarçado, difuso e nebuloso como uma noite sem sonhos. Mas havia um único episódio, relacionado à Laura, que ele recordava com mal-estar e nitidez.

Um dia chegou em casa do trabalho e acompanhou um telefonema da mulher. A conversa ia e voltava sobre um assunto tão pouco relevante quanto uma tal sentença proferida por um certo grego das calendas. Era uma espécie de trocadilho com as palavras *geração* e *destruição*. Esperava no mínimo que Laura, ao vê-lo, interrompesse sumariamente aquele falatório inoportuno. Mas ela parecia não querer desligar, pelo contrário, hesitava em cortar a conversa. Notou então o timbre da voz, a cadência lânguida das frases, a sensualidade com que a mulher oferecia suas idéias a alguém pelo telefone e, horrorizado, reconheceu naquilo a atmosfera voluptuosa de um jogo de sedução. Mario se retirou para o quarto envenenado pelo gosto amargo do ciúme e da derrota. E reteve daquilo tudo uma frase infernal: *pagar-se castigo e retribuição pela injustiça de acordo com o tempo*.

Foi assim que Mario percebeu que a vida intelectual da mulher envolvia outras pessoas em um tipo de intimidade que lhe parecia muito melhor do que aquela que Laura oferecia a ele, uma espécie monstruosa de perversão — um contato quase obsceno entre dois órgãos a que se costuma referir como intelecto. E aquilo que ele próprio tinha incentivado como uma maneira de entreter a esposa durante sua estadia no exterior — o estudo — havia se transformado numa espécie de gaiola patológica na qual Laura vivia metida para manter-se artificialmente apartada do mundo. Uma ilha de privilégios que a ele cabia apenas financiar. E Mario não se sentia absolutamente confortável com aquilo, mas excluído, traído e humilhado.

Ele reconheceu que havia se casado com Laura também para que ela conferisse charme e dignidade a seu cartão de visitas, e para levar a seu lado uma bela surpresa nos seus jantares de negócio. Mas Laura não conseguiu nem uma coisa nem outra. Mostrava um completo desinteresse — quando não um ar de superioridade — por tudo o que se referia à vida do marido. E o suposto charme da mulher já mostrava como iria desaparecer. De fato, Laura só era bonita de perto. De longe, revelavam-se claramente os defeitos nos quais o seu corpo se degeneraria. Sempre faltou em Laura um talhe naturalmente elegante, pois seu quadril avantajado sugeria uma figura ligeiramente achatada. E as roupas, por mais caras que fossem, caíam nela pela metade do preço. E isso não era tudo. A vida sexual com Laura estava bem aquém do desejado. Na verdade ele havia ficado desapontado quando a viu nua pela primeira vez e tinha se desvendado para Mario o viés, por assim dizer, negaceador da mulher. Parecia-lhe faltar a Laura um componente essencial ao sexo: imaginação. Não que ela fosse pouco criativa. Mas Mario tinha a impressão de que o estoque de memórias lascivas da mulher era anormalmente escasso. E tudo isso parecia definitivamente atado à família de Laura, que ele percebia agora como um núcleo vaidoso e adoentado. Nas preliminares, a expectativa de Laura era a de completa comunhão mental, o que criava enormes dificuldades para ele, que em todas as ocasiões preferia ir direto ao ponto. Pois Laura parecia ignorar o fato de que os assuntos empolgantes para ela tinham em geral pouquíssimo interesse para os outros — e era justamente esta súbita incontinência que fazia de Laura uma péssima companhia para a maioria das pessoas com quem Mario convivia.

E foi precisamente naquele remoto momento que Mario atinou, pela primeira vez, onde havia se metido. *Onde vim parar, meu Deus? Estou cercado de arrogância por todos os lados. Gente enfadonha, altiva, pretensiosa. Não há nada mais medonho, mais ultrajante, mais deprimente que a arrogância. Fugir daqui, fugir hoje mesmo, senão vou ficar louco!* Mario olha pela janela. Experimenta um momento de alívio e senta-se com mais conforto na poltrona. Abre a pasta e retira alguns papéis para fugir das lembranças desagradáveis e perturbadoras. Mas sua leitura transversal do relatório só serve para fazer paradas inúteis nos pontos marcantes daquele léxico: *Earnings Before Interest and Taxes*, LAIR, Beta da empresa igual a 2, Ro, Rs, Rwacc, VPL. Mario fecha os olhos e sua imaginação está encarcerada por planilhas e planilhas e mais planilhas e mais planilhas.

TABELA 1						
Data	Capacidade instalada/ capacidade projetada	Capacidade instalada	Preço médio dos veículos construídos	Receita com 100% da capacidade utilizada/ cenário otimista	Receita com 80% da capacidade utilizada/ cenário conservador	Receita com 30% da capacidade utilizada/ cenário pessimista
1995	30,00%	27.000	R$ 20.000	R$ 540.000.000	R$ 432.000.000	R$ 162.000.000
1996	48,00%	43.200	R$ 20.000	R$ 864.000.000	R$ 691.200.000	R$ 259.200.000
1997	65,00%	58.500	R$ 20.000	R$ 1.170.000.000	R$ 936.000.000	R$ 351.000.000
1998	83,00%	74.700	R$ 20.000	R$ 1.494.000.000	R$ 1.195.200.000	R$ 448.200.000
1999	100,00%	90.000	R$ 20.000	R$ 1.800.000.000	R$ 1.440.000.000	R$ 540.000.000

Avaliação do projeto de investimento	
TABELA 2 - Cenário otimista	
VPL	R$ 1.066.877.278,70
TIR	38,49%

TABELA 3 - Cenário conservador	
VPL	R$ 750.727.053,69
TIR	30,43%

TABELA 4 - Cenário pessimista	
VPL	- R$ 39.648.508,83
TIR	9,92%

TABELA 5	
Beta	2
Tc	0,35
B/(B+S)	0,9183445
S/(B+S)	0,0816555
Rm	0,14087
Rf	0,116873
R0	0,164867
Rb	0,065
Rs	0,894921946
Rwacc	0,111875354
G	0,035

TABELA 6 - Valor esperado	Probabilidade	VPL	P*VPL
Cenário otimista	25,00%	R$ 1.066.877.278,70	R$ 266.719.319,67
Cenário conservador	50,00%	R$ 750.727.053,69	R$ 375.363.526,84
Cenário pessimista	25,00%	- R$ 39.648.508,83	- R$ 9.912.127,21
VPL esperado			R$ 632.170.719,31

/12/2003		31/12/2005	31/12/2006
12	12	12	12
).2812195	1.982584	1.132777	-6.677453
6.619169	9.122615	7.251675	-1.834407
78.6517	97.59521	85.91139	84.77078
-	-	-	-
0.5	1.99	1.21	-6.72
0.27		1.1	-6.72
0.5	1.8	1.14	-6.72
0.27	1.73	1.05	-6.72
1.46E+11	1.40E+11		1.22E+11
1.80E+11	1.73E+11	1.54E+11	1.72E+11
59	59.1	57.3	61.8
	1078	1191.1	-4965.3
1254.5	872.3	889.5	-3511.8
-9.8	6.9	-10.4	-4.6
-12.1	8.5	-14	-6.5
-2.3	2	-2.5	-1.1
-	-	-	-
0	0	100	100
5.8	4.2	4.6	6.3
96.2		95.2	101.2
2514.3	1724	1979.8	-8139.1
211.6	161.1	167.1	176.1
374.2	277.7	314.2	-1111.3
4.1	1.7	0.4	0.4
4	1.5	0.3	0.3
	3.91E+10	-1.60E+11	-1.72E+11
2.55E+11		1.74E+11	1.72E+11
25.5	28.5	25.5	28
56.6	56.9	56.7	56.9
7.1		20	17.5
-24.1	-15.9	-11.2	-11.5
32.5	41.1	45.5	45.5
-	-	-	-
9.06E+09	1.09E+10	8.39E+09	-7.75E+09
6.2	20.9	5.6	7
-12.7	6.9	-10.5	-4.9
0.4	2	1.3	-7.9
-	-	-	-
0.2	1.2	0.8	-4.5
4.2	21.7	15.6	-
5.7	25.2	14	-
8.9	29.9	12.6	-97.3
-	-	-	-
/12/2003		31/12/2005	31/12/2006
?/03/2004	10/03/2005	01/03/2006	28/02/2007
12	12	12	12
ulgado	divulgado	divulgado	divulgado
38442000	171652000	153503000	160123000
29821000		144944000	148869000
8621000	35796000	8559000	11254000
23902000	23903000	24652000	19180000
2357000	0	0	0
17638000	11893000	-16093000	-7926000
7690000	6083000	6394000	7305000
26698000	-957000	24483000	180000
1370000	4853000	1996000	-15051000
135000	937000	-512000	-2646000
314000	282000	280000	210000
921000	3634000	2228000	-12615000
-162000	-147000	47000	2000
0	0	0	0
-264000	0	-251000	0
495000	3487000	2024000	-12613000
20195000	24514000	21674000	9609000
-	-	-	-
-	-	-	-
-6325000	-14851000	7457000	-24864000
-5132000	-9865000	-20651000	15273000
811000	505000	-496000	464000
9549000	303000	7984000	482000
04594000	292654000	269476000	278554000
06980000	91742000	89855000	105806000
33642000	33018000	39082000	50366000
2721000	5971000	8522000	7782000
9181000	10766000	10271000	11578000
61436000	41987000	31980000	36080000
43598000	44551000	40707000	38505000
7262000	7271000	5945000	6937000
46754000	149090000	132969000	127306000
04594000	292654000	269476000	278554000
92943000	276609000	256519000	282019000
50011000	52676000	250122000	278116000
20420000	21489000	22813000	23549000
0	0	154332000	172049000
29591000	31187000	72977000	82518000
79804000	172973000	0	0
8439000	6171000	5275000	2744000
54689000	44789000	1122000	1159000
11651000	16045000	12957000	-3465000
0	0	0	0
5393000	5340000	4891000	4581000
8421000	11175000	12461000	-17000
-2163000	-470000	-4395000	-8029000
1760191	1758816	1786760	1888894
1760537	1760048	1864138	1892538
-	-	Nao	Nao
/03/2005	14/03/2005	16/03/2007	08/03/2007
US Indust	US Indust	US Indust	US Indust
Sim	Sim	Sim	Sim
/12/2003	31/12/2004	31/12/2005	31/12/2006
12	12	12	12
6.815861	4.966132	-18.6859	-3.497102

Industry	*Number of firms*	*Beta*	*D/E Ratio*	*Tax rate*	*Unlevered Beta*	*Cash/Firm Value*	*Unlever corrected*
Advanced Materials/Prd	23	1.28	43.72%	12.89%	0.93	6.31%	0.
Advertising Agencies	6	1.27	0.20%	33.76%	1.26	16.00%	1.
Advertising Sales	3	0.43	6.18%	16.95%	0.41	16.56%	0.
Advertising Services	2	1.03	14.95%	9.45%	0.91	7.94%	0.
Aerospace/Defense	13	1.15	58.26%	46.85%	0.87	8.36%	0.
Aerospace/Defense-Equip	11	1.37	2.98%	19.16%	1.33	5.21%	1.
Agricultural Biotech	7	1.29	15.95%	16.53%	1.14	14.50%	1.
Air Pollution Control Eq	2	1.37	29.71%	39.90%	1.16	13.43%	1.
Airlines	48	1.35	115.49%	17.08%	0.69	8.54%	0.
Airport Develop/Maint	16	0.93	51.61%	23.45%	0.66	10.90%	0.
Apparel Manufacturers	82	1.16	24.33%	16.90%	0.96	12.85%	1.
Appliances	54	1.13	2.30%	14.69%	1.11	10.09%	1.
Applications Software	85	1.51	0.62%	10.09%	1.50		1.
Athletic Equipment	1	0.54	2.89%	12.78%	0.52	3.81%	0.
Athletic Footwear	7	0.84	38.30%	14.16%	0.63	10.13%	0.
Audio/Video Products	40	1.08	55.18%	22.33%	0.76	16.26%	0.
Auto Repair Centers	1	1.72	1.76%	0.00%	1.69	9.23%	1.
Auto/Trk Prts&Equip-Orig	105	1.14	27.97%	17.48%	0.93	9.73%	1.
Auto/Trk Prts&Equip-Repl	55	1.17	12.10%		1.08	2.56%	1.
Auto-Cars/Light Trucks	69	1.48	155.65%	21.86%	0.67	12.02%	0.
Auto-Med&Heavy Duty Trks	18	1.32	22.01%	31.88%	1.15	14.59%	1.
	20	1.17	42.06%	20.16%	0.88	4.53%	0.
Beverages-Non-alcoholic	33	0.92	5.49%	26.51%	0.89	8.12%	0.
Beverages-Wine/Spirits	57	1.14	18.74%	28.93%	1.00	3.68%	1.
Bicycle Manufacturing	10	1.42	28.83%	20.22%	1.15	15.42%	1.
Bldg Prod-Air&Heating	18	1.73	3.49%	10.19%	1.68	8.87%	1.
Bldg Prod-Cement/Aggreg	216	1.36	19.76%	17.32%	1.17	5.57%	1.
Bldg Prod-Doors&Windows	3	1.56	67.91%	8.25%	0.96	9.67%	1.
Bldg Prod-Wood	24	1.74	58.06%	13.17%	1.16	6.19%	1.
Bldg&Construct Prod-Misc	65	1.06	3.56%	19.61%	1.04	7.90%	1.
Bldg-Residential/Commer	55	1.64	57.88%	20.68%	1.12	5.23%	1.
Brewery	54	0.91	20.03%	26.76%	0.79	10.87%	0.
Broadcast Serv/Program	17	1.32	8.66%	17.23%	1.23	5.97%	1.
Building&Construct-Misc	127	1.45	42.67%	21.90%	1.09	8.82%	1.
Building-Heavy Construct	118	1.54	32.17%	17.12%	1.21	8.88%	1.
Building-Maint&Service	1	0.34	0.00%	5.12%	0.34	4.62%	0.
Cable TV	10	0.87	57.98%	15.41%	0.58	5.55%	0.
Capacitors	13	1.60	18.86%	20.02%	1.39	6.63%	1.
Casino Hotels	7		2.29%	26.03%	1.04	5.97%	1.
Casino Services	2	0.82	17.88%	0.22%	0.69	1.81%	0.
Cellular Telecom	46	1.17	20.03%	20.69%	1.01	5.15%	1.
Ceramic Products	41	1.18	2.41%	16.62%	1.15	7.04%	1.
Chemicals-Diversified	93	1.14	53.48%	21.08%	0.80	8.90%	0.
	31	1.57	128.68%	23.58%	0.79	9.97%	0.
Chemicals-Other	47	1.32	31.52%	21.93%	1.06	9.69%	1.
Chemicals-Plastics	41	1.28	23.46%	17.66%	1.07	11.37%	1.
Chemicals-Specialty	71	1.29	34.72%	22.57%	1.02	6.78%	1.
Circuit Boards	53	1.47	25.48%		1.20	10.06%	1.
Circuits	1	1.88	0.00%	5.25%	1.88	8.58%	2.
Coal	40	1.53	0.61%	24.45%	1.53	9.52%	1.
Coatings/Paint	34	1.04	27.91%	23.99%	0.86	6.31%	0.
Coffee	7	1.11	22.57%	28.46%	0.96	3.93%	1.
Collectibles	1	0.31	0.00%	0.00%	0.31	3.75%	0.
Commer Banks Non-US	504	1.32	43.68%	18.15%	0.98	21.70%	1.
Commercial Serv-Finance	9	1.00	4.13%	22.27%	0.97	9.55%	1.
Commercial Services		0.88	16.13%	17.97%	0.78	7.46%	0.
Communications Software	17	1.84	2.17%	8.73%	1.80	5.33%	1.
Computers	42	1.55	13.31%	9.62%	1.39	12.97%	1.
Consulting Services	6	1.01	6.85%	9.02%	0.95	6.88%	1.
Consumer Products-Misc	12	1.11	4.12%	16.05%	1.07	8.42%	1.
Containers-Metal/Glass	22	1.46	33.37%	16.66%	1.14	3.91%	1.
Containers-Paper/Plastic	36	1.09	7.94%	19.64%	1.03	10.37%	1.
Cooperative Banks	1	0.99	298.65%	5.93%	0.26	80.48%	1.
Cosmetics&Toiletries	32	1.25	2.85%	20.71%	1.22	7.23%	1.
Cruise Lines	4	1.38	15.11%	3.21%	1.21	4.81%	1.
Data Processing/Mgmt	2	1.87	1.02%	10.60%	1.85	2.04%	1.
Decision Support Softwar	9	1.49	5.38%	28.06%	1.43	8.66%	1.
Dental Supplies&Equip	2	0.45	25.93%	16.71%	0.37	6.25%	0.
Diagnostic Equipment	4	1.53	4.36%	24.26%	1.48	4.19%	1.
Diagnostic Kits	1	1.28	1.66%	9.46%	1.26	1.98%	1.
Diamonds/Precious Stones	8	1.33	65.81%	18.10%	0.86	8.98%	0.
Disposable Medical Prod	3	0.54	4.60%	5.96%	0.52	9.43%	0.
Distribution/Wholesale	95	1.14	26.88%	16.32%	0.93	9.21%	1.
Divers Oper/Commer Serv	11	1.13	13.77%	20.58%	1.02	4.04%	1.
Diversified Finan Serv	93	1.47	197.47%	16.30%	0.56	11.88%	0.
Diversified Manufact Op	31	1.46	160.47%	18.43%	0.63	16.02%	0.
Diversified Minerals	43	1.62	16.12%	28.83%	1.45	2.55%	1.
Diversified Operations	271	1.37	75.70%	16.42%	0.84	9.11%	0.
Drug Delivery Systems	2	1.48	9.94%	21.50%	1.38	0.25%	1.
E-Commerce/Products	4	1.68	11.34%	5.17%	1.52	10.98%	1.
E-Commerce/Services	6	1.57	2.20%	12.89%	1.55	20.39%	1.
Educational Software	6	1.58	2.38%	14.38%	1.55	2.67%	1.
Electric Products-Misc	39	1.36	145.32%	19.06%	0.62	9.73%	0.
Electric-Distribution	47	1.08	44.42%	26.80%	0.81	6.91%	0.
Electric-Generation	88	1.25	15.08%	18.31%	1.12	4.15%	1.
Electric-Integrated	197	1.23	54.34%	29.21%	0.89	5.83%	0.
Electric-Transmission	14	1.86	13.20%	28.57%	1.70	0.85%	1.
Electronic Compo-Misc	193	1.53	31.06%	13.82%	1.20	11.69%	1.
Energy-Alternate Sources	23	1.25	41.00%	24.75%	0.95	5.00%	1.
Engineering/R&D Services	61	1.56	5.20%	25.41%	1.50	6.70%	1.
Engines-Internal Combust	22	1.64	10.70%	24.87%	1.52	15.53%	1.
Enterprise Software/Serv	21	1.50	4.14%	13.47%	1.45	5.96%	1.
Entertainment Software	10	2.00	2.47%	15.82%	1.96	6.80%	2.
Environ Consulting&Eng	2	1.14	81.97%	18.75%	0.68	13.17%	0.
E-Services/Consulting	15	1.22	15.42%	12.66%	1.08	17.63%	1.
Explosives	9	1.36	5.74%	18.31%	1.30	9.77%	1.
Extended Serv Contracts	1	1.19	39.77%	0.00%	0.85	12.92%	0.
Feminine Health Care Prd	1	0.86	4.41%	16.87%	0.83	2.20%	0.
Finance-Auto Loans	4	0.72	[illegible]	21.19%	0.28	1.30%	0.
Finance-Commercial	6	1.41	260.33%	29.63%	0.50	5.52%	0.
Finance-Mtge Loan/Banker	19	1.29	102.05%	13.10%	0.69	7.12%	0.
Finance-Other Services	39	1.23	34.68%	17.28%	0.96	11.98%	1.
Firearms&Ammunition	2	1.31	76.97%	18.17%	0.80	4.96%	0.
Fisheries	22	1.10	8.78%	17.58%	1.02	8.65%	1.
Food-Wholesale/Distrib	13	1.06	0.83%	14.33%	1.06	10.19%	1.
Footwear&Related Apparel	16	0.98	18.91%	16.69%	0.85	7.27%	0.
Forestry	13	1.41	15.59%	21.44%	1.26	6.05%	1.
Funeral Serv&Rel Items	1	1.32	21.28%	38.09%	1.17	9.70%	1.
Gambling (Non-Hotel)	3	1.45	0.69%	24.02%	1.45	39.28%	2.
Gas-Distribution	59	0.81	36.09%	23.13%	0.64	6.82%	0.
Gold Mining	32	1.78	2.27%	18.06%	1.75	3.84%	1.
Golf	3	1.05	16.61%	11.94%	0.92	6.17%	0.
Hazardous Waste Disposal	1	0.94	14.51%	25.42%	0.85	11.67%	0.
Health Care Cost Contain	1	2.92	164.00%	34.44%	1.41	14.64%	1.
Healthcare Safety Device	1	0.84	24.61%	26.30%	0.72	6.18%	0.
Home Decoration Products	5	1.13	19.12%	14.27%	0.97	12.02%	1.
Home Furnishings	18	0.81	6.20%	15.53%	0.77	6.94%	0.
Hospital Beds/Equipment	1	0.38	0.21%	17.17%	0.38	10.86%	0.
Hotels&Motels	123	1.18	27.36%	17.48%	0.96	4.90%	0.
Housewares	11	1.25	56.18%	29.72%	0.89	8.39%	0.
Human Resources	4	1.06	0.04%	14.79%	1.06	4.00%	1.
Identification Sys/Dev	4	2.17	37.28%	7.62%	1.61	11.57%	1.
Import/Export	45	1.36	59.08%	24.12%	0.94	14.58%	1.
Inactive/Unknown	6	1.61	0.02%	1.39%	1.61	0.40%	1.
Independ Power Producer	7	0.84	23.77%	11.31%	0.69	5.38%	0.
Industr Audio&Video Prod	5	1.36	0.25%	14.66%	1.35	19.55%	1.
Industrial Automat/Robot	14	1.05	7.87%	21.11%	0.99	8.80%	1.

es(dias)	24.3	25.5	22	18.1	19.4	19.5	21.4	17.3	20.1	25.5	28.5	25.5
ed(dias)	40.3	40.1	38.8	39.7	45.9	43.7	43	43.7	54.6	56.6	56.9	56.7
m (dias)	8.6	10.8	11.1	9.1	7.9	9.9	11.9	6.1	5.5	7.1		20
ias)	-7.5	-3.8	-5.7	-12.5	-18.6	-14.3	-9.6	-20.4	-29	-24.1	-15.9	-11.2
(dias)	32.8	36.3	33.1	27.1	27.3	29.4	33.4	23.3	25.6	32.5	41.1	45.5
iq $	8.85E+09	6.53E+09	6.65E+09	1.06E+10	2.49E+10	1.10E+10	8.13E+09	-6.97E+09	9.78E+09	9.06E+09	1.09E+10	8.39E+09
	10.2	8.4	7.7	11.4	12	13.1	10.7	1.8	6.9	6.2	20.9	5.6
	5.4	.3	2.1	5.7	5.6	6.1	3.7	-5.8	-14.2	-12.7	6.9	-10.5
	5	3.7	3.8	5.6	18.5	5.3	2.5	-4.1	-0.7	0.4	2	1.3
	2.4	1.7	1.7	2.5	9.3	2.6	1.2	-2	-0.3	0.2	1.2	0.8
) %	24.5	16.9	16.6	22.5	94.3	26.3	18.6	-70	-17.5	4.2	21.7	15.6
lio) %		17.9	17.3	24.1	81.5	28.4	15	-41.3	-14.7	5.7	25.2	14
al)%		19.1	18.1	25.9	71.8	30.9	12.6	-29.3	-12.6	8.9	29.9	12.6
biliz %												
	31/12/1994	31/12/1995	31/12/1996	31/12/1997	31/12/1998	31/12/1999	31/12/2000	31/12/2001	31/12/2002	31/12/2003		31/12/2005
	16/03/1995	19/03/1996	18/03/1997	18/03/1998	17/03/1999	16/03/2000	22/03/2001	28/03/2002	14/03/2003	12/03/2004	10/03/2005	01/03/2006
	12	12	12	12	12	12	12	12	12	12	12	12
le 12m	divulgado	divulgado	divulgado	divulgado	divulgado	divulgado	divulgado	divulgado	divulgado	divulgado	divulgado	divulgado
Resultad												
erac	107137000	110496000	118023000	122935000	119083000	136973000	141230000	131528000	134425000	138442000	171652000	153503000
rddidos	96180000	101171000	108882000	108907000	104782000	119046000	126120000	129159000	125137000	129821000		144944000
	10957000	9325000	9141000	14028000	14301000	17927000	15110000	2369000	9288000	8621000	35796000	8559000
t) Op	5131000	6044000	6625000	7082000	7615000	9548000	9884000	9937000	2515000	23902000	23903000	24652000
	0	0	0	0	0	0	0	0	3276000	2357000	0	0
	5826000	3281000	2516000	6946000	6685000	8379000	5226000	-7568000	-19138000	-17638000	11893000	-16093000
	56000	-146000	-328000	-502000	-31000	-105000	612000	8824000	7690000	6083000	6394000	
esp)	3019000	3246000	4131000	3665000	18209000	25396000	2903000	5964000	28915000	26698000	-957000	24483000
Rend	8789000	6705000	6793000	10939000	25396000	11026000	8234000	-7584000	953000	1370000	4853000	1996000
	3329000	2379000	2166000	3741000	3176000	3670000	2705000	-2151000	302000	135000	937000	-512000
adas	152000	187000	181000	278000	149000	119000	119000	20000	367000	314000	282000	280000
	5308000	4139000	4446000	6920000	22071000	7237000	5410000	-5453000	284000	921000	3634000	2228000
	0	0	0	0	0	0	-1943000	0	-262000	-162000	-147000	0
a	0	0	0	0	0	0	0	0	0	0	0	47000
stab	0	0	0	0	0	0	0	0	0	0	0	0
	5308000	4139000	4446000	6920000	22071000	7237000	3467000	-5453000	-1002000	-264000	0	-251000
								-980000		495000	3487000	2024000
erac	16629000	21171000	19257000	27634000	23100000	29811000	33764000	22764000	18633000	20195000	24514000	21674000
n Ex												
Oper												
est	-36776000	-35507000	-3180700	-36076000	-32296000	-40282000	-36151000	-17169000	-3620000	-6325000	-14851000	7457000
anc	17572000	16477000	11578000	9200000	6006000	12213000	3771000	-2976000	-10333000	-5132000	-9865000	-20651000
p Disc	563000	79000	-201000	-91000	92000	-348000	-914000	-252000	373000	811000	505000	-496000
xa	-2002000	2220000	-1173000	667000	-3098000	1394000	470000	2367000	5053000	9549000	303000	7984000
	219354000	243283000	262867000	279097000		276229000	284421000	276543000	289357000	304594000	292654000	269476000
	26863000	27281000	32194000	36847000	38709000	44091000	37833000	33121000	194269000	206980000	91742000	89855000
	12083000	12406000	15411000	20835000	23805000	23585000	16490000	15028000	30521000	33642000	33018000	39082000
	2548000		3635000	3097000	2604000	3769000	4685000	2214000	2005000	2721000	5971000	8522000
	6487000	7162000	6656000	5468000	5656000	6435000	7514000	6191000	6980000	9181000	10766000	10271000
	5745000	4392000	6489000	7447000	6644000	10302000	9144000	9688000	154703000	161436000	41987000	31986000
	27048000	31273000	33527000	34594000	37320000	42317000	37508000	33121000	37935000	43598000	44551000	40707000
	0	0	0	0	0	0	0	0	6617000	7262000	7271000	5945000
	165443000	184729000	197146000	207656000	161516000	189821000	209080000	210301000	50536000	46754000	149090000	132969000
Liq												
	219354000	243283000	262867000	279097000	237545000	276229000	284421000	276543000	289357000	304594000	292654000	269476000
	197695000	218736000	236105000	248363000	214136000	248692000	265811000	268757000	283767000	292943000	278609000	256519000
	25471000	28776000	33170000	33291000	35643000	41391000	43327000	44546000	44069000	50011000	52676000	52012000
	10777000	11260000	11735000		13368000	14455000	15075000	15567000	18981000	20420000	21489000	22813000
	155000	1832000	2134000	1129000	1191000	1602000	277000	302000	0	0	0	15433000
	14539000	15684000	19301000	20165000	21084000	25339000	27975000	28567000	25088000	29591000	31187000	72977000
	7103000	5475000		7047000	9531000	12377000	14406000	17204000	162222000	179804000	172973000	0
	948000	1186000	1225000	210000	751000		353000	362000	14561000	8439000	6171000	5275000
ias	164173000	183299000	195215000	206815000	168211000	193548000	207725000	206645000	62915000	54689000	44789000	1122000
	21659000	24547000	26762000	30734000	23409000	27537000	18610000	7786000	5590000	11651000	16045000	12957000
	0	0	0	0	0	0	0	0	0	0	0	0
on	6296000	6265000	6457000	6767000	6505000	6271000	6193000	6020000	5439000	5393000	5340000	4891000
	15174000	17688000	20334000	25234000	17989000	22683000	17884000	10502000	8659000	8421000	11175000	12461000
	189000	594000	-29000	-1266000	-1085000	-1417000	-5487000	-8736000	-8508000	-2163000	-470000	-4395000
	1024338	1090365	1185471	1199994	1210011	1207885	1896236	1810876	1835107	1760191	1758816	1786760
Pos	1024338	1168808	1189709	1211980	1211655	1206420	1835051	1806609	1760537	1760537	1760048	1864138
n)												Nao
o	14/07/2003	14/07/2003	14/07/2003	14/07/2003	14/07/2003	14/07/2003	14/07/2003	14/07/2003	14/03/2005	14/03/2005	14/03/2005	16/03/2007
	US Indust	US Indust	US Indust	US Indust	US Indust	US Indust	US Indust	US Indust	US Indust	US Indust	US Indust	US Indust
	Sim	Sim	Sim	Sim	Sim	Sim	Sim	Sim	Sim	Sim	Sim	Sim
	31/12/1994	31/12/1995	31/12/1996	31/12/1997	31/12/1998	31/12/1999		31/12/2001	31/12/2002	31/12/2003	31/12/2004	31/12/2005
	12	12	12	12	12	12		12	12	12	12	12
$	5.384037	7.592286	5.428193	7.830923	3.734764	9.375076	7.88033	1.0819	3.097559	6.815861	4.966132	-18.6859
	14.08621	25.75851	25.61193	20.46586	18.9303	32.24576	53.41172	35.47588	12.15827	45.06101	49.08769	25.81225
	170.2359	186.2885	158.9641	179.6775	177.4304	238.4147	326.8107	319.0975	333.2428	330.8492	342.6135	340.5866
	15.95951	25.01823	5.996934		6.481509	10.90426		41.43263	40.56268	49.97763	50.82628	25.82817
n	5.12678	6.019832	5.019283	7.19403	3.522594	8.7	6.8	1.78	3.37	5.1	4.97	-18.5
	4.258535	5.961949	5.011014	7.19403	3.522594	9.36	6.8	1.78	3.37	7.24	4.97	-18.69
n	5.12678	6.019832	5.019283	7.127878	3.456442	8.53	6.68	1.77	3.35	5.03	4.95	-18.5
	4.258535	5.961949	5.011014	7.127878	3.456442	9.18	6.68	1.77	3.35	7.14	4.95	-18.69
	5.77E+10	6.67E+10	6.30E+10	7.00E+10	-2.39E+10	-2.02E+09	-6.62E+08	3.91E+09	2.70E+09	2.17E+11	2.43E+11	2.35E+11
	7.37E+10	8.33E+10	8.53E+10	9.30E+10	8.74E+09	9.41E+09	9.62E+09	1.31E+10	1.82E+10	2.72E+11	3.00E+11	2.86E+11
	37.1	38.4	38	40.6	3.3	3.4	3.3	4.1	4.9	60.6	62.6	60
s	574.9	356.9	364.2		58.3	45.6	31.9	66.6	266.6	1075.5	1083	1957.6
	449.6	285.6	269.2		-15.9	-9.8	-2.2	19.8	39.7	858.7	874.8	1612
	18.7	18.1	-7.5		-80.9	-56.7	173.8	77	53.9	4.6	4.4	-0.4
	23.9	22.6	-10.1	-15.2	296.2	263.9	-2525.1	258.8	362.5	5.7	5.4	-0.5
	2.5	3.7	-1.1	-1.7	-0.8	-0.6	1.8	1.2	1.3	1.3	1.1	-0.1
	5.1	15.6		1.7	1.3	0.3	0.6	0.8	9.7	10.5	19.6	
	100	100	100	100	17.5	21.2	23	18.3	8.3	100	100	100
rc)%						-399.6	-472.4	-1297.6	197.5	350.3	5.5	6.5	
	93.5	89.2	8.5	9.7	13.1	92.5	90	93.9	98.2	94.4	94.2	96.9
	1448.1	830	848.6	1207.5	1617.8	1230.8	904.5	1543.9	5357.5	1675	1629.8	3161.5
	119.9	114.8	136.7	137.5	172.6	166.5	147.8	171.6	195.5	228.1	233.5	239.6
	271.2	161.7	160.2	197.5	248.2	158.8	112.6	177.1	530.6	151.2	140.7	275.5
	0.5	0.5	1.5	1.4	0.9	0.8	0.7	0.7	0.8	0.4	0.3	0.9
	0.4	0.5	1.4	1.3	0.7	0.6	0.5	0.6	0.6	0.3	0.3	0.8
	-9.38E+10	-9.44E+10	5.09E+10	4.84E+10	-3.44E+10	-1.12E+10	-1.46E+10	-1.93E+10	-1.59E+10	-1.91E+11	-2.18E+11	-3.55E+11
	8.70E+10	1.07E+11	2.08E+11	2.13E+11	2.11E+11	2.24E+11	2.50E+11	2.70E+11	3.10E+11	4.23E+11	4.51E+11	4.46E+11
s)	31.1	32.8	34.6	33.5	37.3	30.2	27	25.1	23.4	25.9	27.6	30.2
s)	35.7	33.9	41.3	43.7	41.1	49	45.2	45.8	47.4	60.2	64.9	63
s)	20.9	21.3	158.8	155.5	14.4	12	11.4	11	11.3	39.8	39.5	36.7
	16.2	20.2	152	145.3	10.5	-6.8	-6.8	-9.7	-12.7	5.6	2.2	334.3
	52	54.1	193.4	189	51.6	42.2	38.4	36.1	34.7	65.8	67.1	397.3

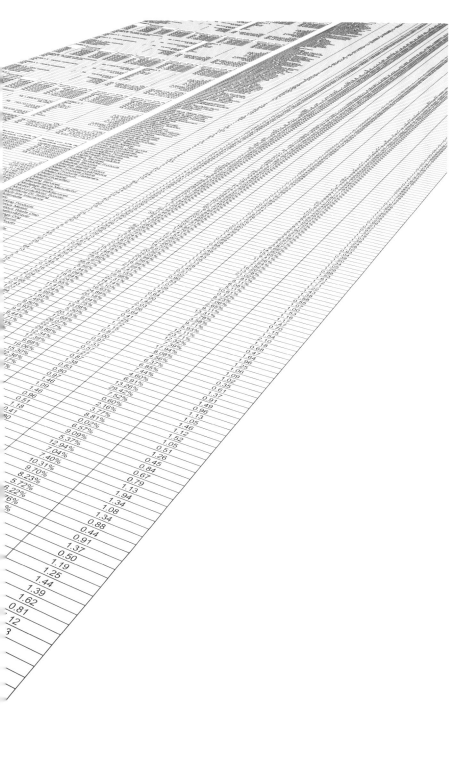

Distorções de toda ordem impediam Mario de pensar sensatamente sobre aquilo tudo. As rodas são recolhidas e as asas se inclinam numa curva sinuosa. Ele pisca e seus olhos escapam pela janela. A cidade vista de cima parece uma colcha de pedrinhas enlutando o mundo. Guarda os papéis de volta na pasta. Mario não tinha cabeça para nada. Passa a mão pela testa desarrumando os cabelos curtos e abrindo um pouco mais duas belas entradas. A primeira coisa que um rapaz perde na vida é o topete.

CAPÍTULO 3

A teoria tripartite do amor

Uma mulher tem de buscar um parceiro fora de seu grupo consangüíneo e, na odisséia de conjugar-se, conhece a solidão e a nostalgia essencial desta sina. A menina cresce sob os olhos estimativos do pai, e disto se orgulha. Mas logo percebe que o jogo consiste simplesmente em descartá-la no momento oportuno. E uma desconfiança nasce inevitavelmente ao perceber que também a mãe está metida neste jogo sórdido e, sobretudo, por ser dela o infortúnio de apresentar à menina as prendas terríveis de Pandora. Aliás, o casamento com festas e presentes é a tentativa mais ou menos sincera de amenizar para uma jovem o sentimento de expulsão que a atinge, proveniente da própria família. Bem como a ocasião de seu pai celebrar um novo elo em suas alianças políticas — e a jovem também será avaliada em termos do lote que lhe acrescentar aos domínios. O pai entrega, com mais ou menos orgulho, a filha como um vaso que se abre para receber a semente alheia. E dizemos que um casamento é por amor quando um certo torpor químico confunde todos estes fatos e une exclusivamente pela afinidade molecular dois seres de todo separados. Diante disso, é claro que as mulheres preferem casar por amor, embora o amor se insinue a elas de inúmeras formas.

Nada seria diferente para Laura. E suas preocupações principais desde que se conhece por gente foram o amor e a realização pessoal — coisas não coincidentes, mas essencialmente unidas, para ela. Do amor, as primeiras teses ouvidas foram as de sua avó — que o amor sempre envolve duas pessoas e alguma miragem —, e toda uma teoria complexa acerca da qual Laura jamais se sentiu satisfatoriamente esclarecida. Da realização pessoal, fez sozinha as primeiras inferências do que ouvia sobre a vida a dois da mesma avó — que uma mulher não deveria se casar, pois não há desafio maior ao *savoir-vivre* do que ter de decidir, todos os dias, o que seria servido ao marido no jantar — e de ouvi-la repetir, um sem número de vezes, as recomendações da autora predileta — que uma jovem devia se preocupar em ter rendimentos anuais de 500 *libras esterlinas* (com a devida conversão) e um lugar só seu, onde pudesse devotar todo o tempo possível à literatura: a ler (o que há de bom), a escrever (contos e poesia) e a conversar com amigos (artistas, de preferência).

    Laura tinha tomado um banho rápido. Recebera um telefonema de sua amiga Heloisa desmarcando o almoço que teriam no museu. O jeito era aproveitar aquelas horas que lhe haviam sobrado da manhã e estudar um pouco, trabalhar em sua pesquisa de mestrado, fazer a dose cotidiana de esforço para tentar arrancar de si uma idéia que a pusesse de algum modo em movimento e assim ser capaz de seguir em frente com todo aquele projeto, com aquele parto.

    Estou no escritório de minha avó. Por ora quem vive nele sou eu. Não sei dizer como cheguei até aqui. Os papéis à minha volta se acumulam dia a dia. E uma fina camada de pó se assentou nas lombadas destes livros. Há dias uma mosca caiu morta entre os lápis. Está ressecada, mas tem as asas cintilantes. E nada disso importa. O ponto é que eu deveria tentar lê-los seriamente, pois fui eu mesma que os escolhi. Talvez seja hora de guardar alguns deles na estante. E reiniciar novamente, como se fosse do zero. Na verdade, a meu favor, posso dizer que as leituras já foram iniciadas, como relatado ao parecerista. Mas admito que as palavras lidas se empilharam no cemitério da minha memória; provocando talvez em mim esta terrível dor de cabeça? Não, não é verdade. Ontem trabalhei horas e horas, com satisfação, e me sentia melhor, bem melhor. A questão é que o andamento não depende só de mim: há dias melhores e dias piores. E hoje é um dia esdrúxulo — festa de meu pai — que começou com imprevistos. Mau sinal. Os melhores são aqueles em que sei que vou estar completamente só e livre, desde as primeiras horas da manhã. Não é o caso, relaxe. Ontem fiz todo um fichamento, minucioso, e sentia-me bastante satisfeita — onde estará? — e hoje, nada! O almoço cancelado; o telefonema e a voz de Lolô; minha decepção. Percebo algum triunfo da parte dela por frustrar as minhas expectativas — como posso trabalhar no meio desta bagunça? Preciso de ordem — é isto? Não, não é — e um mínimo de limpeza — assim torno-me novamente senhora da situação. Hum. O problema é que sempre percebo nos outros o tom velado, que tentamos todos esconder, porque revelam nossos verdadeiros sentimentos. Minha sensibilidade. E entre nós tem um espinho. Lolô traiu o meu sonho de termos juntas uma casa na serra. Por conta de uma carência básica, do vazio que teima em preencher sempre com algo material. Com qualquer coisa que a coloque momentaneamente em posição de vantagem. E não percebe o quanto está prisioneira desta perversão. Repete o mesmo ciclo, sempre. Querer, conseguir e pôr-se então a desvalorizar o que obteve. Pois basta pôr-lhe as mãos para ver defeitos, imperfeições. A matraquear sobre dificuldades, trabalho, e novos projetos de melhoramento. A barulheira do mastigar as próprias conquistas impede Lolô de fazer de sua vida algo que realmente valha a pena. Mas os potenciais dela agora começam a minguar, atrofiados por sua covardia de pôr-se à prova, de cessar com as

críticas e simplesmente fazer. Sim, isso é um espinho. Onde estava? procurava algumas folhas... O que isto está fazendo aqui? Hum. É possível tê-las guardado em alguma pasta. Minha sensibilidade. Sensibilidade, coisíssima nenhuma: é má índole mesmo, este canal direto que tenho com o mal, o que há de ruim, o espírito malino. Na verdade, não preciso achar esse papel para continuar a fazer o que tenho hoje de fazer. Mas agora, sem isso me parece impossível continuar... Aqui está, ainda bem!... Ao trabalho. Vejamos... O que afirmava mesmo o autor? Já não me lembro..
O bom de ter feito o fichamento é justamente poder relê-lo a qualquer momento, por exemplo, agora ....
....
....
....

Viche! É complicado. Mas não preciso tentar entender isto aqui de novo para fazer o que tenho de fazer agora. Devia me habituar a um resumo mais simples, registrar apenas as idéias que me ocorreram, da mesma maneira como contaria a alguém, nos meus termos, aquilo que compreendi. Mas como? qual seria o sentido então? se o que encanta é justamente o modo como se expressou? tê-lo dito melhor que ninguém, ter formulado com absoluta perfeição? E se a brincadeira for então deturpar-lhes a forma, melhor seria jogar tudo isto no lixo. E ficar desenhando bobagens, pintando. A verdade é que meus imperativos de há muito estão todos corrompidos, desmascarados e não têm mais qualquer autoridade sobre mim. O coronel, ao passar a tropa em revista, encontra seus soldados entorpecidos, cheios de vícios, preguiçosos e desleixados, como eu. Mas isto parece uma colagem de citações. Nada, rigorosamente nada de brilhante. Não, não; não é bem assim; o assunto é intrincado; e o autor parece repetir alguma coisa que já li ou que eu mesma pensei; mas entre as interpretações

há de ter sempre pequenas nuances — justamente no que devo pôr atenção e empenhar-me, até perceber com clareza, e poder avaliar, estimar, tomar posições. Aliás, preciso formar uma opinião própria sobre este assunto. Trata-se de afirmar algo e construir minhas próprias justificações. E isso é simplesmente fazer um caminho e registrá-lo de maneira ordenada ....
....
....
....

Mas o fato é que me arrasto, como uma lesma pulmonada, sem concha, com um par de tentáculos retráteis sobre os quais se acham meus olhos, com meu corpo alongado de molusco gastrópode terrestre, sem qualquer listra longitudinal, sem qualquer amarelo, ou vermelho, ou chamaloteado, que me emprestasse alguma graça enquanto rastejo e deixo este ranho cintilante, este rastro............................... Preciso parar de devanear e simplesmente estudar. Pegar um texto e perseverar. Não há nada de gosmento aqui, só pó. Pó. E esta pedra, suspensa sobre a minha cabeça, apenas. Mergulhada neste lago de água cristalina, e sedenta, mas sem conseguir bebê-la. E não como Tântalos, supliciado, porque a água se retraía toda vez que ele tentava ao menos umedecer os lábios. Mas porque eu neste escritório nem mesmo tento. Sem contar que o mundo me dá alergia. Minha coluna está torta e, de cada lado, como que duas toneladas pressionam os músculos enrijecidos dos ombros. Em minha nuca, os nervos estirados doem, fazem as têmporas latejar de ambos os lados. Severidade. Meu corpo, mal cuidado. Parece que eu mesma me empurro para o endurecimento, para a rigidez mórbida. Eu estava encantada por aquele lugar. Contudo, nunca servi a alguém a carne de seu próprio filho. Não matei minha serva, ainda que tenha tido ímpetos de fazê-lo. E sempre haverá nesta família o tio Ivan

que seduziu a mulher do irmão. Traição. E fui eu que insisti para que ela fosse, embora suas exigências de conforto sejam bem mais altas que as minhas. E não tive pudor de dizer-lhe que adoraria se viéssemos a dividir um pedaço de terra por lá, e se nos tornássemos vizinhas. Pois então criaríamos um convívio naquele lugar aprazível. Meu nariz continua entupido e sei que não posso abusar das gotas para alívio imediato. E esta pressão nos ouvidos — tapados? — me atordoa. Deve ser o sinal de que não estou fazendo as coisas direito. Seria bom se eu pudesse acreditar em algo e seguir aquilo piamente, mas não sou capaz. Falta-me disciplina. Disseram que era bom evitar de molhar os cabelos todos os dias; a rinite é uma manifestação de imaturidade anímica. Sim, isto faz sentido. O problema é que muitas coisas fazem sentido ao mesmo tempo, mas são irreconciliáveis na prática. E como não molhá-los, se acordo totalmente desgrenhada? Se meter uma escova, então ponho tudo a perder. Até que um dia Lolô reapareceu depois de ter estado sumida naquele tempo todo em que eu escrevia a maldita monografia. E me contou que o marido havia cedido ao seu pedido e que ela agora tinha uma casa lá, justamente lá!.......... Não é um espinho mas o meu orgulho .... Estou me dispersando e evitando o mais importante: aquilo que devo fazer. Preciso parar de me distrair com as mágoas e simplesmente estudar. Pegar um texto e perseverar. Talvez seja melhor usar este tempo para preencher o formulário; preciso enviá-lo logo; poderia passar pelo correio quando saísse para comer algo..
....
....
....
....
....
....

I SEMINÁRIO DE LETRAS E FILOSOFIA CLÁSSICA
V ENCONTRO DE PESQUISA EM LÍNGUA E LITERATURA GREGA

Universidade Estadual de Cristina - UEC
Ilhéus, 17 a 20 de novembro de 1994

FICHA DE INSCRIÇÃO

Nome: Laura de Albuquerque Ni
Endereço: Rua Feliciano Maia 44
CEP: 04504-010   Cidade: São Paulo   Estado: SP

Contato: _____ Telefone: ( ) _____

Instituição: (x) Universidade de São Paulo
( ) Universidade Estadual de Londrina
( ) Universidade Estadual de Maringá
( ) Universidade Estadual de Santa Cruz
( ) Universidade Estadual do Oeste do Paraná
( ) Universidade Federal da Bahia
( ) Universidade Federal do Paraná

Vínculo: ( ) Estudante de graduação no curso de _____
(x) Estudante de pós-graduação no curso de Letras Clássicas
( ) Professor do departamento/colegiado de Letras

Bolsista: ( ) Não (x) Sim   Agência financiadora: ( ) Fundação Araucária
( ) CAPES   (x) FAPESP
( ) CNPq   ( ) FAPESB

Orientador(a): Profa. Dra. Marta Sand Alves de Lima

Título do trabalho: Retórica em "Teeteto" de Platão:
o filósofo comparado ao homem prático em 172c-177c.

Eixo temático (não preencher): _____

Abstract (10 linhas):

Lorem ipsum ut assum quidam sensibus mei. Vis id tota
brute. Dictas maiorum offendit eum no. Vidit ullum
decore his te. Quot corpora persecuti no pro. Vis viris
erroribus conclusionemque eu. Eu adhuc fuisset vim, sit
agam consetetur moderatius in, ut vix nisl clita
delectus. Te tollit conclusionemque usu. Nam rebum debet
labores in, in errem feugait pro. Ipsum nihil id pro.
Dolor volumus philosophia no nam, an suas dolor eum. Et
nibh epicuri sea. Ex mea omnesque offendit. Ei justo
repudiare abhorreant eum, in vis nemore virtute

Não vou fazer isto agora, nem morta. Vou aproveitar o tempo para estudar. Pegar um texto e simplesmente ler; qualquer um; aquele que me parecer mais interessante neste momento, qualquer um! — ir do começo ao fim! Ou então voltar para o exercício de tradução. Se esta língua não fosse dura, não seria chamada de morta. Sim, está morta; e eu me sinto também morta diante dela. Adriano uma vez me disse que ele aprendeu porque todo santo dia escolhia um trecho de umas vinte linhas e traduzia. Era o que eu deveria fazer; começando pelos primeiros fragmentos; pouco a pouco, mas sem interrupção; até usar cada vez menos o dicionário. Marta garante que um tradutor de verdade não recorre ao dicionário o tempo todo, do contrário o trabalho seria inviável. Talvez seja por isso que as traduções dela me pareçam tão ruins. E Marta sempre vem com idéias idiotas, rígidas, para encobrir sua incapacidade. Adriano, não: buscava sugestões no dicionário nas vezes que trabalhamos juntos, e ele simplesmente está mil furos à frente dela. Mãos à obra. Vejamos...

Hippoi tai me pherousin hoson t' epi thymos ikanoi
...os corcéis ...não. *tai* é um feminino plural: "as quais"; e *hoson* um acusativo para "quanto"; então, literalmente seria algo como "éguas que me carregam até quanto o ânimo atinge"; vejamos o que diz o tradutor ...onde está? ...no rodapé: "os corcéis, que me transportavam, levaram-me tão longe quanto o meu coração podia desejar"... é foda! E há quem diga que isto é melhor. Só pode ser mesmo um chorão querendo comidinha na boca...

pempon, epei m'es hodon bêsan polyphemon agousai
ok: *pempon* e vírgula no segundo verso: "levam". ok. Aoristo de *bainô* ..."éguas que me carregam até quanto o ânimo atinge levam, quando conduzindo-me foram à via muito famosa"... vamos ver: "quando uma vez, eles me levaram e colocaram no afamado caminho da deusa" ...*daimonos* ..."nume"...

*Éguas que me carregam até quanto o ânimo atinge
levavam, quando conduzindo-me foram à via muito famosa
do nume, que por todas as cidades carrega o homem sábio;
assim carregado; pois assim me carregam as muito sagazes
éguas, puxando o carro, e virgens guiavam a viagem.*
....

    Simplício, *De caelo*, 557, 25. Cinco versos e já não posso mais. Não sou capaz. Meu pai. *Apollon... mousêgetês, pythios... katharsios... phoibos.* Um pouco de luz. Sinto falta de Adriano, dos nossos seminários pela manhã, do almoço no clube dos professores. Sem ele é provável que já tivesse largado. Jamais teria me decidido a pedir a bolsa, por começar a dissertação. Sem ele não existiria para mim este compromisso íntimo de fazer. Realmente, sem que ele desse algum valor para isto, eu não teria me sentido estimulada o bastante. *E ele tinha maturidade suficiente para viver com total prazer a aventura, sem qualquer estúpida complicação emocional. Uma paixão teria arruinado tudo, ele via isto muito bem.* Mas eis um assunto não resolvido para mim. No entanto a relação que tenho com Adriano é tão esgarçada, tão fortuita. Por alguma razão, parece que sempre nos encontramos na hora errada; e as coisas que eu tinha a dizer soam mortas, artificiais e inapropriadas. E eram coisas que me pareciam ter todo o sentido, em nossas conversas imaginárias. Mais uma vez, o problema é com minha imaginação. É simplesmente horrível, depois, o sentimento de vergonha e aquela ânsia de reparação. De qualquer forma, há algo relacionado a Adriano em minha memória que sustenta um suposto nexo em tudo isto, em relação à minha consciência de que é isto o que devo fazer. Contudo, não estou plenamente convencida de que para isso precisaria cumprir todos os terríveis ritos burocráticos — eles me parecem diminuir a graça das coisas, a sinceridade do amor que alguém supostamente deveria ter pela leitura e pelo

conhecimento. Pessoas geniais simplesmente dispensam tudo isso e produzem, sem mais, as coisas brilhantes que são capazes de fazer. É evidente que isso envolve sempre muito trabalho. O que não significa que a pessoa precise estar assim, como eu, acorrentada, com alguma coisa a comer-lhe o fígado, diariamente; e sempre que voltar refeita do descanso, ter novamente sua vontade tolhida, amarrada a prazos, a títulos ridículos, cercada de gente tacanha — como Marta — e toda sorte de exigências mesquinhas, das aves de rapina que abundam na universidade. E por qual motivo eu deveria me empenhar tanto para escrever algo que ninguém vai ler? Algo chato, que ficará numa estante de biblioteca, aguardando o próximo espírito domesticado? Ah! Agora me lembro, voltando ao princípio: trata-se de me tornar quem eu gostaria de ser. Independente dos Adrianos e Marios que apareçam na minha vida; o plano fui eu mesma que fiz, por mais que no momento não me pareça ter sentido. Na verdade, tirando os momentos de euforia, nunca me senti — e muito menos agora — preparada para realizar aquilo que me propus. Ando, ando, e o caminho parece cada vez maior. Cometi um equívoco, um erro de avaliação..
Que nada! O ato falho estou cometendo agora, por frouxidão, por pura preguiça; se *não* me sinto *nada*, *um pouco* preparada devo então estar. E preciso simplesmente criar coragem; e hei de estar minimamente preparada, afinal, fui aceita e há de ter outros, piores do que eu. Contudo, os passos não estão claros e o caminho se desfaz à minha frente. E aquele horrível sonho recorrente com uma escada, quando olho para trás e percebo não ter qualquer patamar onde pisar. Não sei se serei capaz de sustentar-me nesta altura, assim desamparada. Por que não inventam procedimentos melhores para trazer a pessoa até aqui? As idéias abstratas me fazem sentir falta de ar e não sei por que cargas d'água resolvi me meter

nisto. Não importa o que faça, no fim sempre acabo com este horrível sentimento: o de estar cercada por um mundo em que a morte ronda, e minha própria condição é a pior ameaça em direção ao nada, ao lá embaixo de onde vim. Preciso parar de devanear e simplesmente estudar. Nesta hora do dia, as pessoas saudáveis estão simplesmente fazendo suas coisas, livres deste peso que me envolve, que eu mesma inventei de colocar em minha vida. Devo estar mesmo doente. Tudo isto me parece grego. Mas não posso desistir. A imagem que me guia desapareceu, mas sei que a qualquer instante poderá estar de novo ali, diante de mim, ofuscando minha vida sombria com seu brilho distante. É uma questão de tempo. O padecimento deste esforço juram que me trará suas recompensas, mesmo estas estando vedadas agora para mim. Mas o que isto tudo quer dizer? Por que eu deveria me aplicar tanto e absorver as idéias dos outros, se nem sei se fazem sentido para mim? Para isso tenho de parar de ter meus próprios pensamentos, até que tenha conseguido saber. Mas o que exatamente quero saber? — é lógico que não sei, do contrário não faria sentido procurar, disto eles já sabiam. E é por isto também que escolhi estudá-los, que decidi tê-los por companhia, estar com estes autores; e é por isto ainda que estou aqui, tentando ler os livros que escreveram, enquanto há pessoas simplesmente passeando pelo parque com seus cachorros ou praticando esportes, ou fazendo o seu serviço com hora de terminar, para depois poderem simplesmente viver. Ponto. Tentarei recomeçar com um pouco mais de realismo. *O mundo é independente de minha mente. Minha compreensão do mundo é limitada quanto ao que posso saber, quanto ao que posso conceber. Sou capaz de entender apenas parte do mundo e nem tudo sobre o universo tem de estar na rota de meu possível desenvolvimento cognitivo.* Ok. Um pouco de esforço e consigo parar esta matraqueação enfadonha e apenas olhar para isto tudo com alguma objetividade. Sim. Há algo que posso saber, mesmo admitindo que haja um número ainda maior de coisas que me são completamente desconhecidas, com as quais convivo normalmente. Assim está melhor. *E a razão é uma tentativa de transformar a mim num representante particular da verdade.* Não, esta idéia me deprime. Muito. Sou tão ignorante que sequer sei como funciona um telefone. Mas nem por isso fico empacada, olhando para ele quando toca, perplexa de espanto. Mas o que há afinal de tão importante que quero tanto saber? E para quê? Não está claro. Não há nada urgente que eu deva saber. Vivo justamente na face desconhecida e obscura da realidade; sequer conheço o que se passa comigo; o meu corpo é um conjunto de sintomas que sou incapaz de interpretar; e, no entanto, vivo, como os outros que vivem. E não seria eu a única pessoa incapaz de viver na ignorância. Mas também não seria eu a única do curso incapaz de fazer seus relatórios e tê-los aprovados. E não posso, em suma, perder minha bolsa de estudos. É disto que vivo, eis uma boa razão. Basta desta conversa fiada: o motivo apresentado dispensa outras especulações. Sendo assim, vejamos. O que tenho mesmo a fazer? Quanto tempo me resta? Preciso de um planejamento, pois a verdade é que até agora fiz bem menos do que havia me programado a fazer. Mas como alguém poderia saber? Ah! Por trás do parecer da agência de financiamento existe um professor, que sabe perfeitamente que isto aqui está mesmo uma porcaria. Alguém que a esta altura já deve estar informado de que violo uma cláusula de nosso contrato, pois continuo dando as malditas aulas naquela maldita faculdade. Apenas ele e eu, então, seremos capazes de avaliar. De minha parte, confesso que perdi a motivação e qualquer capacidade de julgamento. E a bolsa, que parecia boa, agora já me parece insuficiente para os meus gastos com esta hiper-inflação. Tanto que não poderia largar as aulas. Este país está numa merda de fazer gosto e só aqui parece uma loucura uma mulher decidir-se por fazer isto que escolhi. Se tivéssemos ficado um pouco mais em Chicago teria sido infinitamente melhor para mim. Mas Mario tinha de voltar e no fundo decidimos sempre pelo que é melhor para ele, e os meus interesses vêm em segundo lugar. Mas sei que no fundo não confio em mim, eu mesma desconfio que não seria capaz. E Mario também não acredita em mim, em minha carreira acadêmica, tampouco em meu sonho de ser uma escritora. Talvez nem eu. Aliás, ele despreza tudo isto solenemente. E ele é uma prova cabal de que podemos saber algo, simplesmente movidos pela curiosidade; de que *a liberdade requer que a pessoa se apóie em seus próprios recursos e — de um ponto de vista externo que não obstante ela pode atingir do interior de si mesma — escolha um rumo para a individualidade altamente contingente e particular de que é constituída*. Pois é desta forma que Mario encaminha sua vida. Tudo o que ele sabe sobre música veio assim, e de suas *jam sessions* eventuais. Com a vantagem de poder chegar em casa e simplesmente relaxar, tocar um pouco de sax. E não viver como eu, o tempo todo atormentada com isto. Mas quem sabe possa me tornar uma boa tradutora, caso me aplique, a partir de agora, seriamente; ou ao menos, uma tradutora razoável. E é exatamente por isto que estou aqui. Preciso de um lenço de papel para assoar o nariz. Do jeito que escorre, seria melhor buscar de uma vez o rolo de papel higiênico. Rolos de papel enfaixarão o meu corpo inteiro e me matarão; e como uma múmia serei jogada por eles em alto-mar. E assim minha morte seria tomada por suicídio — os papéis me levariam ao fundo, apenas pelo tempo necessário para me faltar o ar, até morrer; depois, se despedaçariam desfeitos em papa com a água e o sal, sem deixar qualquer indício de homicídio. Mario diz que não quero pagar o preço de minhas escolhas —

e tem o maldito serviço da casa, que eu faço praticamente sozinha, pois sobra tudo pra mim. Por sinal, a máquina já deve estar desligada e eu poderia ir lá, assim ao menos estendia aquela roupa no varal —, *que nós podemos pagar uma empregada; e sei também como ele detesta ver a esposa fazendo esse serviço; e simplesmente porque todas as pessoas que já tivemos foram um fracasso, eu desisti de encontrar uma mulher decente; e que treinar uma empregada não é coisa que requeira gênio.* Mas este é um argumento vil, pois ele não desconhece o inferno de ter alguém o tempo todo como uma sombra, atrás de mim, esperando que eu lhe dê ordens. E as empregadas no fundo zombam de mim. Talvez por eu ter me tornado esta pessoa estranha que se obriga a ficar diante de uma escrivaninha, com algo imaginário por fazer. Devo parar imediatamente com isso. *Em condições normais seria muito estranho que eu começasse a me atormentar como uma condenada para me deformar e me tornar diferente do que sou; para me dar um caráter estranho ao meu, qualidades muito estimáveis (concordo só para não discutir) mas que me custariam muito adquirir, praticar, que não me levariam a nada (talvez a pior do que nada)...* Contudo, é bem verdade que fui eu mesma a me meter nesta história. E nunca me lembro de ter alegado que estava disposta a viver nas tais condições normais. Detesto tudo o que se entende por condições normais. O ponto é que tenho a impressão de que aquilo que antes me libertava agora me paralisa. E ninguém exige absolutamente nada de mim, só eu mesma. Mas sendo assim, só eu mesma então é que me poderei libertar. E é justamente o que devo fazer. *Felizmente não careço ser hipócrita; já há tantos, de tantos matizes, sem contar aqueles que o são consigo mesmos.* Eis uma boa razão para não continuar. Pronto! Está decidido: é o fim. Fim. Acabado. Pronto. Ponto final. Muito bem! E agora? O que então eu poderia fazer?..

.... Está vendo? infelizmente as coisas não são tão simples assim. Não posso simplesmente jogar tudo para o ar. E se eu desistisse de tudo agora estaria definitivamente desmoralizada, desacreditada para mim mesma. E além disso, o que poderia estar fazendo de melhor? Para onde olho, o que enxergo são somente motivações pequenas, mesquinhas, e mau-gosto. E detestaria estar no lugar daquelas mulheres, de me ver numa vida medíocre, com suas ocupações de classe média, fúteis e deprimentes; seus cursos-placebo de letras e pintura, em suas casas bem decoradas e mantidas por contas conjuntas; seus caprichos e regressões de consumo; suas unhas esmaltadas e cabelos cultivados como instituições, as idas aos shoppings; de ser pouco mais do que uma supervisora de motorista e cozinheira, em lares adoentados onde são criadas crianças mimadas e mal-educadas. Talvez Lolô tivesse razão — eu jamais conseguiria me organizar para conquistas patrimoniais que exigem tanto empenho, se tenho preguiça até de decorar esta casa. Sem contar os recursos financeiros incompatíveis com a condição em que me mantive nestes anos todos. O fato é que sinto a distância entre nós aumentar. Ela se bandeou para o lado das mulheres executivas de lares confortáveis, com seus muros resistentes à guerra que acontece nas ruas. As mantenedoras de lares fofos em que tudo conspira para adular nossos sentidos — tecidos fofos, tapetes fofos, maridos fofos. Lolô está sufocada naquele lar de vantagens materiais que ela mesma criou. Que eu própria me livre de um casamento assim! É horrível. Eu decididamente não agüentaria. Por isso tenho de prosseguir. Do contrário, bem que seria uma hora boa de me matar. É tudo uma questão de não errar a hora e a maneira de se matar. Mas, se sou incapaz disto, o fato é que dificilmente eu teria a coragem de me matar. Depois, *os gases começariam a inchar o meu cadáver, a intumecê-lo poderosamente assim como meninos malvados fazem com as rãs que enchem de ar; aos poucos eu me transformaria num verdadeiro balão; e finalmente a pele do meu ventre não suportaria mais a tensão e rebentaria — pum! — e todas as minhas entranhas se derramariam.* Não, não. Esse é um espetáculo que decididamente prefiro adiar. E seria, além disso, uma morte humilhante, mais humilhante ainda do que minha própria vida; e por isso permaneço aqui. Prosseguir, prosseguir. Mas tentar até quando? E mesmo que eu não consiga fazer qualquer coisa decente? Não há como saber, antes de continuar em frente, de realizar algo. Do que constata-se que estou imobilizada pela vaidade, pura vaidade; pelo orgulho, pela necessidade de ser melhor do que as outras, sendo que no íntimo me sinto pior, mil vezes pior. E tento permanecer deste lado, mesmo sabendo dos riscos, sabendo que é preciso ter cuidado, pois deste lado nota-se que tudo está a ponto de morrer. Não gostaria de ser como Marta. Ela é tão fraca, insegura; e simplesmente não sabe como me orientar; encravada naquele departamento como uma verruga. Aliás, Marta é uma orientadora que mais atrapalha do que ajuda. De maneira que nunca se está livre da decadência, dos pensamentos mórbidos e da falência de sentido. Pois é deste lado que se constata claramente o quanto há de ilusões nas bases das catedrais tétricas que chamamos respeitosamente de ciência — e o que pretendo fazer, nem mesmo ciência é. Bem, mas se o senso comum estacionou no século XIX, eu não! Menos mal, evita-se de saída qualquer mal-entendido. Os portais, os lintéis, os pilares, as arcadas em ogivas, os arcos, as naves e as maravilhosas rosetas, as galerias, os pináculos, as torres para o sino, e cada um dos magníficos detalhes, tudo repousa no ar, em vento, nas crenças infundadas de homens religiosos, crédulos, em convicções. Não sou ingênua a ponto de acreditar seriamente em nada disso. Como Marta; e seus olhos míopes, sua pele macilenta, seu mau hálito. No que depender de mim, será diferente. E além desta maldita carreira, tenho Mario. E poderemos ter um filho, quem sabe. Claro que um dia terei um filho e serei capaz de amá-lo. Eu e Mario. Porque há algo entre nós, estou certa de que há. *E a qualidade especial de nossa amizade é a total entrega. Nós somos viajantes atentos, sérios, absorvidos em compreender o que está para ser visto e descobrir o que estiver escondido, tirando o melhor proveito dessa oportunidade extraordinária, absoluta, que possibilita a ele ser absolutamente verdadeiro comigo, e me possibilita ser absolutamente sincera com ele.* Preciso acreditar nisso, do contrário não haveria como suportar a mediocridade de tudo, de encontrar forças para estar aqui, de ver alguma razão para desejar ter um filho de Mario. E eu me sentiria sufocar. E não haveria no horizonte nada além do fim, da morte, do esquecimento. Pois em duas gerações, ninguém se lembrará mais de mim. De volta a vaidade. Será tudo apenas uma questão de orgulho, de arrogância, de altivez? Não é possível, é claro que não. Pense com calma: trata-se apenas de uma questão de convivência. Trata-se de escolher o mundo em que se deseja viver, aqueles com os quais queremos conviver, a maneira de ocupar o seu tempo. E não há nada de errado em querer estar na companhia dos melhores — das letras, frases, diálogos e tratados gregos; contos, novelas e romances russos, alemães, irlandeses; da tragédia e comédia francesas; das escritoras inglesas que tinham realmente algo de extraordinário para dizer, e o disseram maravilhosamente bem. E aprender com elas tudo o que podem me ensinar. O que há de errado nisso? Nada, absolutamente nada. E ao menos, será uma região vivível para mim, ainda que hoje me pareça faltar ar. Onde tudo o que eu conseguir, jamais poderá ser tirado de mim, por ninguém. E com o tempo, me parecerá cada vez melhor, infinitamente melhor. E sempre poderei ir com minha vida portátil para um outro lugar; e lá continuar; perto do mar, em uma praia, em uma ilha. Fugir para a minha própria Ásia Menor. O meu Oriente. E lá encher meus olhos novamente de luz. E olhar à distância para a ilha de Pélops onde vive a minha família. A Micenas cercada de muralhas ciclópicas com sua saga maldita de filicídios e traições. Por isso é tão importante prosseguir, prosseguir simplesmente. É a própria causa de minha ferida que há de me curar. E é preciso devotar-me a isto, a deixar que as palavras alheias entrem em mim e tomem parte no meu metabolismo; que as idéias passem pelo sistema e deixem suas sementes no terreno fértil das minhas crenças, operando de algum modo e, ainda que isso escape de meu controle, que eu possa absorver. E que eu me exercite no mais difícil: *em retribuir o que me é dado pelo oferecer-lhe sentido*, devolver e não apenas acumular; que eu me empenhe em sempre pôr algo de meu para fora — não importa o quê; um simples relatório; uma monografia; o que há de errado com um relatório? —, em produzir algo que leve um pouco de mim, que tenha a minha marca mas que não seja apenas a excrescência material da vida, algo como um fio de significados construído por mim... Sim! *to have a little string...* como eram mesmo as palavras que ela usou? como me pareceram lindas, meu deus, eram lindas... — onde está?... aqui: *happiness is to have a little string onto which things will attach themselves*. Finalmente um pouco de luz ...*the string which as if dipped loosely into a wave of treasure brings up pearls stricking to it*. Uma lufada de otimismo. E Andrea ficará orgulhoso de mim. Com seu semblante pensativo e silencioso. Há algo mais tocante do que o modo de meu pai intrigar-se e entender-se com a vida? É do fundo deste silêncio que vou construir a minha própria honra. Colorir esta folha até parar com todo o barulho, até estancar todo o movimento e dissolver na leitura esta minha solidão. É mais do que hora de recomeçar..............................

O Teeteto *é um diálogo difícil mas imensamente* rewarding. *No* Teeteto, *Platão antecipou e aprovou os* tenets *centrais da teoria do conhecimento de Berkeley (1685-1753).* Richard Price *(XVIII)* recommended *o diálogo pela razão oposta, por sua refutação das epistemologias empiristas tornadas populares por Berkeley e Hume.* The English pragmatist *F. C. S. Schiller viu* the pragmatist account of truth *brilhantemente exposto e depois* blunderingly *condenado.* Wittgenstein found *uma expressão exemplar do* Atomismo lógico *que ele e Bertie* had once espoused. *Conferir em* Investigações filosóficas, *46 (1953). A circularidade que por fim* wrecks *a tentativa do diálogo de definir conhecimento (209d-210a)* has come to stand *como um enunciado* authoritative *de uma perene dificuldade para o projeto de analisar o conhecimento em termos de crença verdadeira* plus *algum tipo apropriado de justificação. Prólogo. Primeira tentativa. Interlúdio. Segunda tentativa: conhecimento é percepção sensível. Exposição. Objeções superficiais enunciadas e respondidas. Séria refutação de Protágoras. Interlúdio. Séria refutação de Heráclito...................................*
Começar agora, pra valer. *Introductory conversation:*

O ALMOÇO

"*Em algum remoto rincão do universo cintilante que se derrama em um sem-número de sistemas solares, havia uma vez um astro, em que animais inteligentes inventaram o conhecimento. Foi o minuto mais soberbo e mais mentiroso da história universal: mas também foi somente um minuto. Passados poucos fôlegos da natureza congelou-se o astro, e os animais inteligentes tiveram de morrer". Assim poderia alguém inventar uma fábula e nem por isso teria ilustrado suficientemente quão lamentável, quão fantasmagórico e fugaz, quão sem finalidade e gratuito fica o intelecto humano dentro da natureza.*

As pessoas agitavam-se ao final do seminário de Economia, no *lounge* próximo à sala de convenções, onde fotógrafos de jornais disparavam lâmpadas de *flash* e faziam perguntas ao candidato à Presidência. Mario alcança Adriana no *hall* do elevador.

— Olá, Adriana. Estou saindo para tomar um lanche. Que tal fazer uma refeição ligeira comigo?

— Obrigada, Mario. Estou faminta, pois não me alimento direito desde ontem, na loucura de levantar todos aqueles dados. E preciso fazer uma refeição de verdade, antes que desfaleça. O chefe terá agora um almoço com o conselho e não o liberarão antes de uma ou duas horas, de modo que tenho tempo para tanto.

— Ótimo! Minha reunião da tarde só começará às duas. Enquanto isso, poderíamos...

— Já sei: vamos sair imediatamente daqui e procurar um lugar gostoso para almoçar.

— Sim! preciso tirar o gosto dos inúmeros cafés que tomei pela manhã. Aluguei excepcionalmente um carro, pois tive de visitar alguns dos locais selecionados com a consultoria logo que cheguei. E por isso, inclusive, perdi o início da palestra. Mas estou certo de ter ficado ali o tempo suficiente para entender o ponto em questão.

— Bem que dei por falta de algo...

Os dois ficaram em silêncio durante alguns minutos que custaram passar.

— Talvez possamos encontrar um restaurante simpático onde seja servido um belo filé com cogumelos, batatas fritas com um pão francês torrado, quente e macio... E, como não terei de trabalhar à tarde, talvez você queira me acompanhar também em uma taça de vinho.

Os dois se encaminharam ao estacionamento e, mais uma vez, ficaram em silêncio. Logo um manobrista trouxe o carro de Mario, deu a volta e abriu a porta por onde Adriana entrou. Ela colocou sua pasta no banco traseiro e tornou a olhar para Mario. Seu braço ergueu-se, envolveu o pescoço dele e puxou-lhe a cabeça ao nível da dela. Durante um longo intervalo, seus lábios colaram-se ao dele. Por fim, num gesto súbito, ela livrou Mario de seu abraço.

— Isso deve tirar o seu pensamento do trabalho.

Adriana Cury aninhou-se junto a Mario no banco da frente do veículo. Ela cruzou as pernas e viu que ele inspecionava suas meias e sua saia. Deu um sorriso e tirou os sapatos altos. Mario engrenou o automóvel e afastou-se do hotel onde haviam estado a manhã toda.

— Muito tensa, Adriana?

— Tensa, mas não demais.

Mario dirigia com calma. O céu azul não tinha qualquer vestígio de nuvem. A luz solar entrava pelas janelas e lançava uma nesga refletida pelo espelho. Mario colocou os óculos escuros que trazia no bolso interno do paletó e procurou com a mão as pernas da garota que estava a seu lado, quando pensou em algo, entusiasmado.

— Lembra-se daquele bistrô longe do centro, Adriana, em que estivemos uma vez? Onde se serve um antepasto delicioso e o queijo da Serra da Estrela?

— Ah, sim! E eles têm um vinho português que é uma maravilha! Há muito tempo que não vou lá...

— Paul Dreyfus e eu costumávamos nos encontrar ali e passar horas discutindo problemas de trabalho. Gostaria de saber se ele conseguiu terminar de preparar a apresentação. Não pude encontrá-lo.

— E o que está nos detendo?

— Apenas o medo de receber uma multa e que a secretária da diretoria descubra que andei violando limites de velocidade.

Mario sorria com inspiração. Ele girou o volante e fez o carro dobrar uma esquina para entrar numa alameda transversal com árvores na calçada. Reconduziu-o de volta ao meio-fio, desligou o motor. Ela estava silenciosa e pensativa, e Mario, respeitando o estado de espírito dela, não fez nenhuma pergunta ou comentário. Ele acabara de abrir a porta para Adriana, quando passou o braço ao redor da cintura dela e atraiu-a contra si, longe da porta.

— Adriana, eu preciso lhe dizer...

— Oh, querido... não diga nada... apenas beije-me, e me tome em seus braços.

As sobrancelhas de Mario ergueram-se ligeiramente; ele alisou o queixo e sussurrou delicadamente no ouvido dela, enquanto beijava-lhe sensualmente o pescoço.

— Escute. Que tal tentarmos aproveitar este intervalo com algo melhor? Acho que gostaria de contar-lhe uma história... se quiser ouvi-la... enquanto eu tomo uma ducha rápida e troco de camisa. Pois estou simplesmente quebrado. E daria uma relaxada rápida antes da reunião principalmente se alguém se dispusesse a me massagear os ombros com suas mãos delicadas!

Estavam em pé na porta de um pequeno restaurante quando o chefe dos garçons reconheceu-os, veio até eles, fez com que entrassem e os acompanhou até uma mesa próxima à janela, para fumantes. Adriana tirou sua cigarreira, ofereceu a Mario, que não aceitou, mas acendeu o cigarro para ela com o isqueiro que ela tinha à mão. Fumando em silêncio, Adriana recostou-se no assento da cadeira, relaxando os músculos no silêncio da perfeita compreensão.

— Você queria me contar alguma coisa relacionada com negócios?

— Não. Algo agradável, algo que tem a ver com nós dois...

— Com Laura, talvez... Ora, veja só! É Dreyfus, seguindo-nos de perto.

Paul Dreyfus atravessou o salão do restaurante.

— Chegue para lá, Mario. Não pense que vai almoçar num *tête-a-tête* com a garota mais bela do seminário e deixar-me de fora. Olá, Adriana! Quando os vi saindo, tive a idéia de que vocês viriam para cá; tentei alcançá-lo, Mario, mas você simplesmente desapareceu no estacionamento.

— O que há, Dreyfus? Não me diga que é algum problema com a apresentação desta tarde.

— Exatamente. Meu caro, você saiu do seminário cinco minutos antes da hora. Devia ter ouvido o Fred. Depois da palestra, ele afirmou para quem quisesse ouvir que não tolerará qualquer fedelho metido a espertalhão, confiando em mais um plano de estabilização do governo — que em breve naufragará por problemas cambiais, caso a equipe não demonstre extrema *expertise* e isenção política, algo que ele jura ser muito difícil de encontrar lá por Brasília —, e isso se o cenário econômico internacional não despencar bem antes. E então anunciou com um tom de ironia que havia convidado mais alguém para a reunião. O pessoal da equipe gelou, pois estava claro a quem ele se referia. Enfim, é isso que se pode esperar daquele turrão orgulhoso que se diz alguém difícil de convencer. Achei que você gostaria de saber.

— Você fez bem em me procurar, obrigado, Dreyfus, ponha o táxi na minha conta. Isso mostra até que ponto alguém pode ser cético, apesar de seus esforços para confiar em números, quando está diante de algo em que quer muito acreditar. Quantos homens se olham no espelho e simplesmente vêem a imagem mental que criaram de si mesmos dez ou vinte anos atrás?

Adriana teve a impressão de que Mario derrapava nos assuntos.

— Agora você está falando de mulheres.

— Não. *Uma mulher é mais honesta para com ela mesma, um pouco mais crítica em sua análise. As mulheres não se enganam como fazem os homens. São mais românticas e mais realistas.* Mas não vejo qual a relação disto tudo com a apresentação...

— Bem, meu chapa... é apenas porque você não viu a arte final que o departamento de reprografia daqui deu às suas planilhas e as cores que usaram na transparência que exibe o cenário otimista de nossas avaliações! O rapaz que trabalha lá — de acordo com as informações que obtive com minha secretária — é um bobalhão deslumbrado pelo ministro, que se fia na força do partido para domar de uma vez os problemas e que está apostando numa bela promoção.

— Santo Deus!

— Mas o estagiário que estava fazendo uma última verificação das tabelas achou melhor consultar-me pelo telefone; perguntou se não seria bom devolver o material e sugerir um pouco mais de sobriedade no acabamento, antes que as cópias fossem distribuídas no início da reunião. Disse-me que contará os detalhes picantes mais tarde. Mas pensou que a coisa ia ser fácil, porque estava falando em nosso nome. E quando ele realmente chegou ao ponto principal da questão e descobriu que não havia analisado a situação como devia, decidiu levantar a voz. Minha secretária acha que por conta disso o pessoal da reprografia estará fazendo uma operação padrão para soltar as cópias bem depois do prazo que solicitamos e danar com todos os nossos planos. Afinal, nosso pedido entrou na última hora...

— Que diabos! E como o chefe do departamento recebeu isso, Dreyfus?

— Você deveria ter ouvido ele contando a história à secretária da diretoria. Dois relatórios urgentes foram deixados para mais tarde para atender os imprevistos do pessoal de São Paulo e os gerentes já começavam a chiar... Ele estava simplesmente furioso e acho que você não gostaria de encontrá-lo por enquanto.

Adriana observou, enquanto Mario pensava.

— Alguém se aproxima...

— O que será desta vez?

Mario ergueu os olhos para o homem que deixara a companheira dele à mesa e caminhava em direção a Adriana.

— Desculpe-me se a interrompo, mas a senhorita não é Adriana Cury? Eu me chamo Nelson Arruda. Já a vi nos bastidores de uma rádio quando acompanhava o chefe de seu departamento em uma entrevista e tenho estado à sua procura. Quando entrou aqui pensei que fosse o destino que a tivesse trazido. Eu preciso consultá-la o quanto antes a respeito de algo que me preocupa, algo muito importante.

Adriana sorriu e sacudiu a cabeça.

— Sim. Muito prazer. Terei alguns minutos depois de tomar esta taça de vinho, experimentar a entrada e devorar um belo filé. Bem... e temos ainda um bocado de coisas a conversar! De que se trata?

— É a respeito dos resultados que serão divulgados pela imprensa americana sobre a economia mexicana. E uma mesa redonda com alguns figurões do cenário internacional que estarei organizando em breve. Pensei que uma jovem inteligente e bem informada toparia a parada de ajudar na produção, quando soubesse dos patrocinadores que arrumei. Mas, se não se importa, gostaria de um pouco de sigilo...

— Agora o senhor está me deixando curiosa.

— Eu esperarei, se a senhorita puder me atender. Fique à vontade, com licença.

O sujeito se afastou e Paul retomou sua agitação.

— E o que você pretende fazer a respeito da apresentação, Mario? Leve o tempo que for preciso para pensar. Tomei o meu café, mas isso foi há algum tempo. Engolirei algo no balcão enquanto vocês terminam de almoçar. Estou certo de que Mary, a recepcionista, fará um pedido expresso de ovos mexidos com *roquefort* para o papai aqui, seu velho cliente. Até já.

— Estarei pronto em cerca de quinze minutos, Paul. E voltamos no meu carro para o hotel a tempo de dar um jeito no pessoal da reprografia. Obrigado por tudo, mais uma vez.

Dreyfus se afastou com passos largos. Mario atirou o guardanapo sobre a mesa, afastou a cadeira, contrariado.

— Era só o que me faltava! Bem... Dreyfus fez bem em me avisar. E nem tudo está perdido, querida. Estou avistando dois filés fumegantes que se aproximam de nossa mesa.

Adriana sorriu.

— Acho que isso resolve tudo. Mas há alguma coisa a respeito de Dreyfus que não posso tirar da cabeça. Sinto que o mundo lhe aplicou alguns golpes violentos e que ele está tentando levantar-se outra vez, e que depende muito de você. Bem... esqueça! Aqui está algo com o que devemos nos ocupar.

Os dois saborearam rapidamente e em silêncio o almoço. Por fim, a voz de Adriana soou num tom confiante de alívio.

— Andei terrivelmente ocupada e tive de tomar, nos últimos dias, uma decisão. Você já havia ouvido falar no nome de Diana Holcomb alguma vez, antes de ler a *The Economist* desta semana? Pois eu já. Estarei passando os próximos três meses com ela, trabalhando naquele departamento como *visiting researcher*. Estou decidida a terminar o quanto antes o meu doutorado e há por lá algo que gostaria de examinar e submeter à apreciação dela. Quando se chega ao ponto em que se tenta fazer as coisas com tanta segurança que se tem medo de arriscar, então tem-se medo de viver.

— Acho que está tentando me dizer algo, querida.

— Não gosto do modo como você agiu no nosso caso...

— O que você queria que eu fizesse, Adriana?

— Se você não sabe, querido, então não há nada o que eu possa dizer além de que... sim: *uma mulher é mais honesta para com ela mesma e um pouco mais crítica em sua análise.* E também sugerir que cada um de nós siga seu próprio caminho. Oh! Estou tão aliviada. Em breve estarei longe disto tudo e poderei pensar com calma sobre o que se passou. Em falar nisso, aí vem seu amigo Dreyfus... Enquanto você pede o café, darei um pulo ao toalete para dar um jeito em mim mesma — devo estar péssima depois disso tudo. Nem pense que o seu tom surpreso me comoveu. A propósito, Mario, gostaria de voltar com vocês para o hotel. Darei o meu cartão àquele senhor, prometendo-lhe telefonar em uma hora mais oportuna.

— Você parece magoada e eu me sinto tremendamente responsável por isso...

— Não se preocupe demais, querido: já sou grandinha e sei me cuidar.

Adriana ergueu-se em direção oposta a de Paul Dreyfus, como se não quisesse ser vista. Enquanto ela se afastava, Mario ficou pensativo olhando para a garota. A maneira elegante como ela se vestia, a pele, os cabelos, a maquiagem leve e o perfume ousado, tudo nela mostrava sinais de cuidados constantes e determinação. Era difícil acreditar que aquela jovem mulher escapava-lhe das mãos!

— O que foi, Mario? As coisas hoje não parecem ir bem com você.

— Aparentemente, não, mas vejamos o que ainda posso fazer para salvar o meu dia. Espero que ao final da reunião você tenha mudado de idéia. Mas pegue sua pasta e vôe, há muita coisa esperando por nós. Por favor, Dreyfus, peça o carro ao manobrista. Aí vem Adriana... É só o tempo de tomarmos um café e eu pagar a conta.

Agora os três iam em silêncio, ouvindo rádio, enquanto Mario dirigia rapidamente por uma avenida pouco movimentada. Em instantes, contudo, o trânsito parou e nenhum carro atravessava o sinal de cruzamento com uma rua de comércio sofisticado e butiques caras. Adriana olhava distraída pela janela, longe da tensão que tomava conta dos rapazes, quando exclamou:

— Ei, Mario! Pensando bem acho que ficarei por aqui. Quem sabe eu encontre as meias importadas que andei procurando ou aproveite o tempo que me resta para dar uma olhada nas vitrines. Nada é tão terrível no dia de uma mulher que não possa ser melhorado com um belo vestido ou um novo par de brincos.

Mario encostou ligeiramente o carro, atraiu Adriana para junto dele. Ela fechou os olhos e ergueu os lábios. Segundos depois, abriu a porta e saltou.

— Até logo, Paul, é sempre bom revê-lo. Boa reunião pra vocês. A propósito, não se esqueça de tirar o batom dos lábios, querido.

Como uma ampulheta, uma rádio divulga minuto a minuto comentários críticos sobre o desempenho das empresas de capital aberto na movimentação do mercado de ações. Mario põe a mão no bolso e verifica que sua carteira está ali.

CAPÍTULO 4

A visão de um líder

Esta casa precisa de um cachorro — um filhote de *beagle* — e o seu nome será Jiló.

Laura estava agora visivelmente satisfeita: o trabalho da manhã havia por fim rendido. Estendia no varal a roupa que ficara na máquina de lavar aquele tempo todo com uma minúcia irritante: peça por peça era remodelada com as mãos até recuperar o formato original, as costuras eram estiradas com puxões vigorosos para que perdessem qualquer franzido, as golas redobradas e as casas fechadas pelos botões. A ocupação das peças nos fios parecia obedecer alguma ordem íntima: a distribuição por cores, usos e tamanhos, a posição do prendedor e até um certo *soufflet*, tudo era feito, de fato, com a determinação de um único fim. Colocar as roupas limpas ao sol era uma das coisas que melhorava o dia de Laura. Porém recusava-se a passar uma roupa a ferro. E o *crescendo* de seu ânimo na tarefa, em algum momento, era sempre interrompido por um ditado sombrio — *nada em excesso*. As manias de minha avó Ana, a disciplina de quartel que minha mãe impunha aos empregados e à nossa rotina em casa, a esposa domesticada e a mãe-conjuntura que eu detestaria ser. O passeio ao proibido me fez bem... o contato com o que existe para além de todas as regras repetitivas decididamente me fez muito bem.

A começar por certas tardes de sábado que ela passava, quando pequena, no apartamento do tio Nicolas, depois da separação. Ali as crianças brincavam numa saleta improvisada — com poucos jogos e muitos gibis — e ocupada por uma cama de casal encostada, onde praticavam com muito tato o faz-de-conta — casinha ou hospital — boa parte do tempo debaixo das cobertas, numa espécie de acampamento, com uma alegria concentrada e principalmente sem brigas. A uma certa altura, vinha o tio Nicolas fechar a porta por causa do barulho — pois ele costumava levar serviço para casa nos fins-de-semana, e retribuía a ajuda da irmã tomando conta de todos, Lia, Lili, Laurinha e Tim, enquanto ela ia ao cinema com o marido. O único menino era então promovido a médico ou a marido e as meninas tiravam suas calcinhas para que ele fizesse detidamente os exames mais aprofundados, entretidos em seus afazeres por longos períodos de altíssima lubricidade. O êxtase culminava no momento do susto, em que o tio abria subitamente a porta, e avisava com uma voz azeda que havia Coca-Cola e salgadinhos para o lanche.

Depois, veio o anoitecer na praia com o primo Gania que, aos olhos de Laura, combinava num único garoto sua fantasia de delicadeza com a promessa de força. Gania era o preferido de Laura, embora Laura não fosse em hipótese alguma a preferida de Gania.

Tudo começou quando Nicolas e Andrea tornaram-se vizinhos em um vasto terreno no litoral norte. Lá as famílias passavam juntas as férias de verão, justamente onde também tinham uma casa de frente para o mar Paulo e Clara, a prima de Sonia e mãe de Gania. E Laura, que era muito chorona, percebeu graças a ele que em certos momentos valia a pena parar com a manha e seguir o líder. Gania era mais velho do que ela três anos. O quarto dele na praia dava numa varanda para a qual ao final do dia ele levava algumas vezes o telescópio que o pai lhe dera, e cobrava ingressos de quem quisesse entrar para observar o céu. A sessão principal era a suposta noite de lua cheia, as demais eram mera preparação. E o problema apareceu límpido para Laura como a conclusão de um silogismo em *Darii*: pequenos atrapalham; há uma menina pequena; então há uma menina que atrapalha. De fato, ela só alcançava o visor a muito custo e subindo num banquinho; de maneira que Gania decretou que Laura e Tim só entrariam na brincadeira caso ficassem quietos na cama aguardando a vez. O irmão pequeno chorava, chorava até que dormia. As observadoras principais estudavam as constelações em um dos dois pôsteres na parede: um mapa das estrelas — hemisfério celeste sul e norte — do Museu de Ciência da Universidade de Lisboa, muito requisitado e com legendas em português. O outro, bem maior e mais bonito, era bem pouco procurado — *The Earth's Moon* da *National Geographic Society* —, pois as legendas estavam em inglês. E era justamente este que Gania incumbia Laura de examinar, enquanto esperasse pela vez ao telescópio. O inglês era-lhe de todo incompreensível, já o latim não. E foi por pura devoção a Gania que Laura pacientemente praticou sua leitura extremamente titubeante nos *mare crisium*, *mare nectaris*, *mare tranquilitatis*, *mare serenitatis*, *mare frigoris*, *mare ibrium* e pronunciou pela primeira os nomes de Atlas, Hercules, Theophilus, Piccolomini, Eudoxus, Aristoteles, Aristarchus, Copernicus e Kepler, tudo creditado ao prestígio do primo. Em sua adoração por ele, Laura soube que havia escuridão simplesmente para que toda noite aquele desfile silencioso e esplêndido de astros pudesse acontecer enquanto a gente dormia sossegada.

Nada de muito interdito, por ora, exceto o fato (mantido na clandestinidade) de Gania cobrar (de alguma maneira, mas preferivelmente em dinheiro) pela distração dos outros com aquilo que só ele possuía. E, como na esmagadora maioria das vezes, ou o céu estava encoberto, ou o primo estava cansado, ou qualquer outra razão, a atividade oficial noturna acabava sendo mesmo o jogo de baralho. Aliás, na categoria das brincadeiras de longo prazo, as meninas eram setenta e cinco por cento favoráveis ao concurso de *Miss* Universo, que elas preferiam infinitamente mais do que qualquer congresso — mesmo que se tratasse das constelações do céu — pois no fundo não se interessavam muito pela observação de outras estrelas que não elas próprias. Enfim, deu-se que em seus esforços para entender as regras do buraco, Laura compreendeu também que a vitória — mesmo a de um herói — sempre pode ter o seu brilho empanado por uma suspeita de trapaça.

Por um bom par de anos as coisas andavam assim, sem maiores variações. Com o tempo, o fascínio de Laura pelo primo sumiu sem deixar rastros num resfriamento gradual até o congelamento completo. O início do processo talvez estivesse no ódio profundo que Laura aos poucos desenvolveu pela mania de Gania querer humilhá-la, sobretudo quando pedia para segurar a mão dela e apertava-lhe as falanges com força até que ela se pusesse de joelhos diante de todos a jurar que para sempre obedeceria e faria tudo o que ele a obrigasse. E na vergonha, pois o poder do primo sobre ela mantinha-se, na frente de todos, graças à habilidade dele muito estimável — (*concordo só para não discutir*) — de deixá-la no bate-boca invariavelmente sem resposta, calada. E tudo freqüentemente terminar com os outros rindo dela. Mas o pior era o desinteresse completo de Gania por Laura, a ponto de não existir uma única coisa que ele pudesse querer dela, exceto que desse o fora, ficasse longe dele, o mais longe possível.

Num pequeno giro do destino, houve a época — curta e remota, coincidente à Páscoa — em que Laura esteve ausente dos vexames: desinteressada de todo nas promoções em grupo, voltou-se para a prática do faz-de-conta — mamãe & filhinho — com o irmão menor. A mãe começou a revelar uma ligeira impaciência com a filha — que insistia em ficar para trás —; havia ainda a preocupação da professora com o desempenho sempre insuficiente dela nas aulas de ditado. Foi ao médico fazer uma audiometria; ouviu dizer que seu problema era apenas a desatenção e a lentidão. Em suma: Laura saiu dessa história com uma receita para óculos. *Tant pis*! O fato é que Laura viveu um delicioso período de amor maternal: brincava de trocar o irmão, de limpar com óleo Johnson's e algodão aqueles ovinhos que descobriu nas cuecas dele — e que o irmão em breve guardaria com muito orgulho dentro das calças.

Por longos anos, Gania não tirava mais as férias de verão na praia: viajava para esquiar com os amigos ou com o pai. Laura jamais havia passado o verão em outro lugar que não ali. Até que por fim Gania estava de volta, depois de prestado o seu vestibular. No fim daquela tarde, depois de passarem uma manhã inteira debaixo de chuva, o tempo começava a abrir. Laura viu-se olhando para o mar, sentada com Gania na areia lavada. A ilha grande ao horizonte pairava sobre uma bruma intensa e parecia levitar. Às costas, um morro imenso e coberto de mata tropical.

Eu tinha consciência da presença dele, mas o corpo de Gania já tinha passado do ponto que era mais perturbador para mim — *Tadzio!* — entroncado demais, com pêlos demais. E depois, ele era meu primo. Eu já conseguia simplesmente ficar ao lado dele. E foi na falta de assunto, falando por falar, lembro-me de ter dito que adoraria saber por que razão o sol nos parece tão maior ao poente. E Gania se levantou, procurou um graveto no chão, chegou para junto de mim e fez o desenho que nunca mais esqueci.

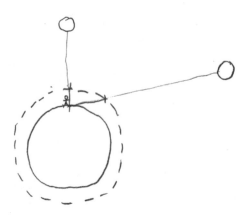

E a voz doce de Gania, "tem a ver com isto, Laurinha. Aqui está a Terra. E o Sol. Primeiro nesta posição e depois nesta. Repare nos ângulos, pense na luz atravessando as diferentes espessuras de atmosfera, como uma espécie de lente. Dos detalhes eu já me esqueci. Mas juro a você que conto na próxima vez. E agora... vem cá. E me dá um beijo, por favor! Por favor, porque eu não consigo mais parar de pensar em você". A boca de Gania era suculenta e eu soube exatamente o que fazer com o meu apetite.

Depois vieram outros garotos em sua vida, com outra variedade de pedidos — uns melhores, outros piores —, e alguns caras — não muitos — que preferia esquecer. E desde então Laura e Gania tornaram-se grandes amigos. Pois Laura havia aprendido com ele duas lições fundamentais: era melhor estar fora da turma do que servir de palhaço para alguém e valia esperar, mesmo que sozinha, por uma única boa companhia.

De fato, foram nos tais anos de solidão que Laura aprimorara a leitura, embora continuasse deficiente em ditado. Pelos livros soubera do tempo em que havia camponesas vivendo aos pés de castelãs, com torreões pontiagudos dos quais desciam tranças imensas e subiam de passagem os cavaleiros;

pomares de frutas maravilhosas; sapatinhos de cristais, anéis, coroas de rubis; castiçais, lamparinas e palácios com a princesa em vestido de baile; diversas moças morenas que cerziam meias de lã para proteger suas adoradas avós contra a neve; madrastas feias e dissimuladas com artelhos de harpias que mantêm crianças em águas-furtadas à base de sopa. E ainda o mais intrigante: maldições que homens poderosos lançam contra homens poderosos e que caem sobre certas dinastias arruínando-lhes a vida, uma a uma, por muitas (malditas) gerações. A maldição, ao lado dos raios, era na época o seu grande temor. Com o tempo ele sumiu sem deixar rastros e veio à luz o pavor de Laura por revelações. Era-lhe insuportável pensar que, do nada, um terrível promotor do universo pudesse surgir para acusá-la de estar agindo mal, segundo um padrão que até então ela desconhecia.

E agora Laura sentia no coração a gravidade de tudo aquilo que fugia de seu controle, que independia completamente dela, embora afetasse a sua vida para o bem ou para o mal. A sua vulnerabilidade diante da fortuna. O estar à mercê da sorte. A fragilidade das escolhas e condutas humanas na trama dos acontecimentos. A apreensão de que os bons resultados nunca estarão garantidos mesmo que a pessoa se empenhe em fazer direitinho tudo o que estiver em suas mãos. Sente-se alarmada. O mundo, pensava Laura, talvez seja absolutamente indiferente às nossas lutas. Seu coração bate e ela tira imediatamente tal idéia da cabeça.

De qualquer forma, foi num *mix* de Gania com todas as idéias literárias que Laura definiu para si o que esperaria de um homem — desejo, alguma sabedoria e muita determinação (não necessariamente nesta ordem). Em suma, estes se tornaram para ela os ingredientes essenciais daquilo que se costuma chamar de delírio amoroso. Particularmente quando certos sinais de inteligência imiscuíam-se em certas formas do corpo — ombros largos, peito liso, abdômen firme e virilha musculosa —, sobretudo se estivesse adornado por um tipo muito específico de cabelo. Pois Laura vinha desenvolvendo uma verdadeira obsessão por madeixas masculinas, especialmente por fios longos, lisos e morenos, ligeiramente embaraçados, nos quais tinha o ímpeto incontrolável de enfiar as mãos, para despenteá-los ainda mais com os dedos, até sentir o perfume doce que subia pela nuca, e nessa brincadeira lasciva ficar o tempo que fosse preciso até terem os corpos rendidos, e um prisioneiro do outro. *Amantes chupando-se como raízes.*

    Laura estava agora na cozinha preparando alguma coisa para comer. A doce lembrança do lugar de honra que ocupara na mente de Gania foi bruscamente derrubada por um golpe gelado de pensamento e lembrança. Parece que nada há supervisionando a ronda da morte e a distribuição dos lotes entre as pessoas, muito menos um Deus atencioso e benevolente. Uma criança adoece e tem de sofrer para sempre a desvantagem do mal. *O que não tem remédio, remediado está.* Não para Laura. Ela era incapaz de acreditar que um acidente de tal magnitude tenha um papel indispensável na conduta da criança ao Bem. Como haveria de ter? Que preço é este, assim tão alto? Seria para dobrá-la por antecipação ao peso de todo e qualquer erro deliberado no futuro? Mas que mal poderá fazer quem ainda luta para apenas sobreviver? Por mais que se esforçasse, Laura não conseguia ver o mundo como uma espécie de justa consonância entre as escolhas e méritos individuais e as respectivas retribuições por um magnânimo reitor do universo. E tudo aquilo a fazia pensar. Olhava para a barafunda humana e não via qualquer cálculo ponderado pela menor consciência de valores morais. O que percebia eram exorbitâncias de toda ordem. E a facilidade com que na conduta os limites eram burlados, ultrapassados, mesmo nas zonas de imperícias fatais, enquanto no discurso muito sermão vinha sendo praticado, até pelos mais leigos. Laura sentou-se desonrada. Por que continuar com Mario, mesmo depois daquilo que flagrou no telefonema e da voz vulgar e oferecida, "foi tão bom, quando nos veremos de novo? só de pensar me derreto toda". ...*me derreto toda*?! Laura sentia-se novamente indignada. Sentia na carne a hipocrisia contaminando a relação com Mario. As lâminas daqueles instantes. O destino a zombar da minha vida com um jogo de empunhar a faca e enfiá-la com firmeza nos vãos da própria mão. O ciúme gelando o meu sangue e me fazendo sofrer mais do que qualquer dor que eu já tenha sentido. Ela não sabia por que suportava aquilo. E ouvir Mario, num tom pasmo — "como você conseguiu meu telefone?"! E depois, enquanto discutíamos, dizer que "embora essa tal não signifique grande coisa para mim, há muitas outras mulheres no mundo, Laura, além de você". Laura respira e procura se conter. Não queria estar novamente sob o domínio de impulsos passionais, irracionais. Contudo percebia que uma emoção era algo revelador sobre si mesma. E por isso queria ouvi-la, mas sem se deixar cegar. Para manter sua opinião afastada do ódio e da fúria, o tanto que possível. Pois sabia que uma vaidade — uma certa emoção e o respectivo sentimento — poderia escravizá-la até arruinar-lhe a vida. Ambição e orgulho, por exemplo. Laura cresce em dignidade. E deveria ouvir, então, o sentimento de vergonha diante da degeneração no modo desejável de cultivar um casamento. Pois é este tipo de indignação que suscita nela a coragem de fazer algo, de mudar o padrão e corrigir a rota. Uma emoção bastante apropriada, no caso.

Teria sido bom encontrar Lolô, agora que estou mais serena e dizer-lhe simplesmente que a noite foi reparadora e que agora está tudo bem. Olha sem apetite para o prato que tem nas mãos. Seria bom comer algo saboroso, não preparado por mim mesma. Sair de casa e fugir desta falsa calmaria, depois do pesadelo. Caminharíamos juntas pelo parque. Sem ter a compulsão de falar e falar e falar sobre tudo o que me tortura, e relatar nossa última discussão, contar dos meus pressentimentos e da gravidade que pairou no ar à espera de declarações solenes, do temor gélido a crescer em mim e a fazer água, do frio que me subia pela espinha até ocupar por completo a caverna negra do meu coração. Sem tentar loucamente entender a onda que me invadiu e que me quebrava por dentro, fazendo doer, doer. Refazer-me sem palavras junto à minha amiga, agora que afastei uma suspeita difusa e sei dos fatos que cercam a região desconhecida que costumo chamar de *mim*.

Era por conta de um sentimento primitivo — o sentir-se aliviada com o fato de que algo mentalmente penoso tinha parado de atormentá-la — que Laura passava de credora a devedora. O desagradável era recebido por ela como um aviso de erro seu. E do mero alívio, renascia em Laura o empenho, a diligência, a disposição de trabalhar duro para não ser surpreendida por qualquer nova admoestação. Instalava-se nela um centro de supervisão, apoiado no medo de reprovação e castigo, de onde tentava vigiar a própria conduta. De minha parte, não haverá um novo desentendimento. Só esta mágoa que em algum momento se dissipará. A disposição de obedecer formava-se em Laura emocionalmente. Mas o discernimento imparcial sobre o certo e o errado, isto era algo que ela queria extrair da própria razão. O ideal de Laura era ter um coração hegemônico dotado de bom senso. De onde Laura dar-se conta de que Mario desgostava de suas veleidades intelectuais. E que talvez houvesse algo em si mesma a ser reformado com urgência. Mas sabia também que uma mulher não deve entregar-se alienada à modelação exógena e deixar que suas preferências sejam submetidas às decisões do outro. Laura lembrou de sua avó. Ana acreditava que uma atitude, digamos, mais crítica era a única maneira de uma mulher dar fim à contingência desgovernada de sua vida. Atitude que a própria avó nunca conseguiu ter. Laura sentia-se melhor, mas ainda estava sombria. Em pouco tempo, esta paz estará novamente rompida, eu posso pressentir. Será mais fácil perdoar ou esquecer? Para Laura era mais fácil esquecer. Recomeçam os rumores, as vozes queixosas e julgadoras. E este silêncio sagrado de cantos e insetos deixará de ocupar o anfiteatro em mim. Virá o cansaço e a tristeza. O barulho das serras elétricas e dos motores. Virão as ondas concêntricas e opressivas das neurastenias pessoais. Os humores intoxicantes da cloaca familiar. Hoje é o aniversário do meu pai, e há tanto tempo não nos vemos. Laura não sabia perdoar. Preciso me proteger dos ânimos birutas, da acidez que polui a digestão interpessoal. Prevenir-me das indiretas, das insinuações que afetam minha reflexão e me incitam a novas frases mais ferinas, a idéias contrapostas só para distorcer a cada vez as imagens mais a meu favor. Acalmar minha ânsia de ser, de ser ouvida, de ser aprovada. Encontrar em algum ponto uma *persona* benquista e aportar-me quieta em minha baía, com minhas próprias convicções ainda que náufragas. Não quero atrair o estardalhaço das pessoas feito bestas, evitar qualquer sombra de reprovação. Laura via o pai diante dela. Afinal, de que eu verdadeiramente me queixo? De um golpe sofrido por meu orgulho. Mas como poderia eu e meu maldito orgulho desconsiderar o que aconteceu? Se meu pai não concordava, por que não me disse? Porque sabia que eu tinha razão. E a causa de meu afastamento — *do qual não me envergonho, mas que agora exige de mim interromper nossa relação nos termos em que se davam* — foi sua completa desconsideração por tudo o que era mais importante para mim. Meu pai cedeu ao comodismo, e os passos que deu, embora adequados ao seu próprio bem-estar, nada dizem relativamente a suas qualidades morais. Ninguém poderia censurá-lo pelo que fez. Mas eu sou incapaz de admirá-lo por isso. E somos parecidos na maneira como preferimos viver, afinal sou eu, e não ela, a sua descendente natural — eis a diferença do vínculo de uma filha com o próprio pai, e o de qualquer outra mulher no mundo. Mesmo quando se trata de uma legítima esposa. Andrea amesquinhou a nossa cumplicidade acerca do que é o melhor para pessoas como nós, em nome de algo meramente conveniente e cômodo, para ele e ela. A vida pública venceu a contemplativa. Só para calar aquela falação de Sonia. E em seus instantes finais, Sócrates pediu que Xantipa e as crianças fossem retiradas dos aposentos, pois não eram capazes de se comportar à altura — de ver o problema e pensar sobre o destino após a morte. Meu orgulho se rebelou e subitamente a fisionomia serena e pensativa de meu pai desapareceu e já não existe mais aquele homem que por tanto tempo cortejei, não ouço mais aquela voz de idéias originais. Não me impressionam mais o seu porte clássico, o rosto bem desenhado e os olhos pequenos e escuros, pois desvendou-se para mim o que lhe passa pela cabeça: o cálculo sobre o que é mais cômodo para si. E tudo ruiu sob o peso do meu orgulho, despertado por uma contrariedade que arrancou de mim fantasias poderosas. *Desde então quase não nos vimos, embora eu tenha passado momentos de angústia.* Hoje percebo que lhe propunha transformar a fazenda numa espécie de casa extra-conjugal. Pois quem estaria no comando seria eu, e não Sonia. A idéia me parecia boa e certa, mas apenas porque eu a desejava muito. E a seu tempo, mostrou-se alucinadamente equivocada. Os sinais do mundo não confirmaram o valor que atribuí à minha genial solução. Tudo o que estimei com tanto orgulho, frustrou-se — que conviveríamos naquele lugar onde nossas lembranças estão profundamente arraigadas e algo especial seria cultivado entre nós. E isso me parecia tão desejável, louvável, certo e bom. Mas nada se sustentou como tal. E aquilo a que dei valor calhou de ser insignificante para ele. Tudo em que eu não confiava espantosamente se mostrou provido de maior interesse e utilidade. Mas o modo como Sonia cismou com aquilo também era incompreensível — que a fazenda tinha de ser vendida, que não iria pagar com seu trabalho por um capricho meu, e que não pretendia viver de memórias e melancolias. Quanta insensibilidade, quanta doença. Uma herança da própria mãe. Mas isso é por conta de sua obsessão pela praticidade. Tenho um grave problema na codificação do que seja e do que não seja de valor. Entre mim e minha mãe as estimativas são muitas vezes opostas. Mas esta é Sonia: quando mete uma coisa na cabeça, despeja naquilo toda a sua ansiedade de consertar o mundo. E tudo tem de ser exatamente do seu jeito, pois é incapaz de escutar qualquer outro que não pense precisamente como ela. E meu pai havia me prometido não fechar o negócio sem conversarmos com calma. E bastava que me tivesse dito. Ele quebrou uma promessa e eu não devo mais acreditar naquilo que diz. Tudo isso envolve dinheiro, é claro, e direitos de propriedade — e este é o lado menos bonito da história. E não é de hoje que não agüento minha mãe, sempre a vítima do mundo. Laura lembrou do tormento que foi a época do seu vestibular — foi aí que começaram os nossos desentendimentos. Como uma mãe pode saber tão pouco de uma filha?

Aquilo tudo, de algum modo, havia feito de Laura o que ela é. O colegial, a dificuldade com o professor de Sociologia, ter ficado para aquela maldita recuperação. E ter decidido estudar Letras. É claro que o problema poderia não passar de uma mera projeção — despejar no mestre todos os preconceitos que a aluna tinha contra a mãe historiadora (como lhe havia sugerido a coordenadora). Mas o destempero de Laura ali tinha amparo num outro ponto que não dava na vista. Trata-se daquilo que um lógico (embora Laura ignore tudo isto por completo) poderia chamar de apelo ao argumento *ad hominem*. Pois, à medida que o professor, ao longo do curso, foi se fazendo conhecer para a classe, deu também a Laura a impressão de pretender colocar a si mesmo como uma evidência da enorme injustiça social brasileira. O apelo à piedade, que seja. Mas em suas malditas pregações, de uma maneira ou de outra, sempre tratava de fazer crescer — velhaco! — nos alunos a sensação de serem intelectualmente deformados por seus privilégios de classe. Como se tivessem de pagar com obediência por um pecado qualquer de origem. Mas Laura simplesmente criou uma ojeriza daquilo. Alegava que o fulano pretendia aplicar-lhes um suposto tratamento corretivo das idéias mas que o remédio era horrivelmente dogmático (o que a coordenadora chamou de fantasias paranóicas, de falta de educação). De fato, tudo havia começado pelo pior. Pois, quando Laura perguntara-lhe a razão de não estudar a política desde os gregos, o professor — de maneira constrangedora, aos olhos da aluna — respondeu que "não teriam tempo a perder com autores que condenam a democracia e defendem a escravidão, só porque são considerados clássicos", e foi o bastante para a disposição de Laura desautorizá-lo em classe sempre que fosse possível. Laura sabia conviver com sofrimento psíquico — vergonha, angústia, remorso e culpa — mas não se submeteria a uma retórica duvidosa que condenava de antemão suas idéias. Não, jamais estudaria Ciências Sociais como insistia a mãe. E foi assim que começou um verdadeiro inferno entre elas e a guerra mais cruel que Laura jamais abrira contra alguém.

 Preciso me afastar desta boca de vulcão, das larvas, da língua de fogo, da chispa mordaz. E me colocar bem longe da sombra dela. Minha mãe estragou a vida de minha irmã. Não entendo por que Lili fica lá, gravitando em torno da suposta comodidade que a casa de minha mãe pode lhe oferecer. Como se precisasse daquilo, como se não tivesse a força necessária para estar solta no mundo como outra qualquer. Mas já não há nada a fazer, nada a dizer, pois tudo foi dito e repisado, e Lili continua ali. Parece se sentir protegida e poupada, mas a verdade é que os dias escorrem pelos seus dedos e por conta da rainha-mãe. E como Sonia a trata mal. É incrível como minha mãe se sente à vontade para tratá-la mal. É como se intimidade e subserviência fossem bons motivos para ordens ríspidas e reclamações. E minha sina de menina-mênade, menina-cassandra, que gritava e antevia a irmã entregar-se à goela do mar. Por isso já não quero fazer parte deste código moral doméstico e me sinto melhor fora de lá. Mas que não me sejam também muito terríveis os caprichos da *tykhé*. O coração de Laura esfriou ao pensar em mudanças imprevisíveis que torcem as coisas ora para o bem, ora para o mal. Se for assim, por que se preocupar em fazer as coisas direito? Por que não viver então à vontade com os ditames da sorte e parar com as altas exigências que oprimem as pessoas? Não. No que depender de mim, criarei uma forma de vida que dê a mim mesma segurança e estabilidade. E estarei ciente dos meus limites e do imenso bálsamo que é para mim a companhia de Mario, ainda que aos olhos dos outros tudo isso possa parecer covardia e comodismo.

Laura aproveitaria o tempo para enfiar as contas de um colar arrebentado que pretende usar no jantar. Buscou sua minúscula caixa de costura, sentou-se ao sol com as contas no colo, tentando reordená-las no original. Que seja belo, mas não funesto como o de Harmonia! A memória vacilante de Laura recua e reconta. Com a Noite veio o Céu a encobrir a Terra desejoso de amor. Mas o filho impetuoso ceifa o membro do próprio pai. Laura corta com a tesoura um pedaço de fio e dá um nó. Temeroso, é o filho agora quem engole os frutos da cópula com sua própria irmã, uma titanida. Seis contas enfiadas: Héstia, Hades, Deméter, Poseidon, Hera e Zeus. Pausa cerimonial. O rei do mar casa-se com Líbia, protetora da África divina. Laura olha o trabalho e acha bonito. Escolhe quatro contas. O rei da Fenícia, Agenor, une-se a Belus em amor. Nascem Cadmos e Europa, que é raptada por Zeus, transformado em touro. Nova conta. O irmão sai a procurá-la mas desiste da busca. Uma vaca é perseguida. O animal se deita numa grande planície, onde ele funda a cidadela da futura e poderosa Tebas. Agricultura de algodão, de batata, frutas e vegetais. Um dragão é morto e seus dentes arrancados. Palas Athena. Homens semeados dão origem a cinco nobres famílias. Mais contas enfiadas. Cadmos casa-se com Harmonia e oferece-lhe a tal jóia dos maiores infortúnios, um trabalho de Hefesto. Pausa. Muito tempo depois, um javali será caçado e sua cabeça oferecida a uma virgem. Os argonautas buscam o velo de ouro. E uma mulher será subornada com o maldito colar. Persuade o marido Anfíaraos a participar de uma expedição mortal. Sete contra Tebas. Ádrastos, rei de Argos, e Polinices, Tideus, Capaneus, Hipomidon, Partenopaios. Seis contas escapam e Laura as enfia novamente. Os Epígonos honrarão suas mortes liderados por Ádrastos contra Tebas. Anfíaraos é vingado com o matricídio. E seu filho Alcméon, perseguido por Erínias. Ele procura um lugar onde o Sol não brilhava quando matou a própria mãe. Laura estremece e teme a própria *asébeia*. O colar prometido a Apolo é ofertado a uma mortal. Um homem é despedaçado por cães. Era um mestre da tragédia, e deixou-nos uma galeria de retratos femininos e de seus estados de alma: o amor pela natureza, a doçura pelo heroísmo e o amargor com o destino. Andrea Ni. Laura desfaz o trabalho pois a seqüência não a agradou. Recomeça. Reis de Tebas: Polidoro, Labdacos e Laios, marido de Jocasta, irmã de Creonte. Tebas é perdida para Anfíon e

Zetos. Duas contas escapam. Laios ofendido, junta-se a Pélops mas sequestra-lhe o filho Crisipo. Maldição. O rei recupera o poder sobre Tebas, mas é advertido de que morreria pelas mãos de um descendente. Laura respira e dá seqüência à tarefa. Nova conta. Um menino nasce e seus pés são perfurados com um cravo. Ele é exposto ao monte Citérion, mas um pastor o leva para bem longe dali. A rica cidade de Corintho. Dois portos, dois golfos. Duas contas a mais. A cidade controla a estrada que liga a Ática e o Peloponeso, ou ilha de Pélops. Uma conta não quer entrar. Laura insiste. Um insulto, um oráculo, um exílio. Faz calor. Parricídio. De volta a Tebas, incestos. Filhos impuros são amaldiçoados a morrerem em combate um pela mão do outro. Um acordo para reinados alternados. Um deles recusa-se a passar o poder para o outro. E por isso sete heróis juntam-se ao príncipe ultrajado e levantam armas contra a poderosa Tebas. O ciclo se completa.

COMO EVITAR PREOCUPAÇÕES

Um *naso piu largo*? Deixarei crescer a barba e o bigode... Mario tirou os olhos da imagem no espelho e lavou o rosto vigorosamente com água fria. Enxugou-se em seguida com as folhas de papel, decidido a encontrar algo relaxante para fazer, enquanto esperava por seu vôo para São Paulo no aeroporto Salgado Filho. Havia tentado adiantar o horário da volta, sem sucesso; e teria então uma hora e meia pela frente. É evidente que tomaria uma merecida cerveja, terminado o exaustivo e exasperante expediente do dia.

O meio em que Mario trabalha estava sempre em mudança e, de fato, conhecia níveis altíssimos de pressão. Era um mundo de agentes aptos a abrir grandes oportunidades para toda a sorte de engenhosidade nos sistemas. Fusões, consolidações, aquisições, empresas controladas e controladoras, *holdings, joint ventures*, as maneiras mais industriosas de redesenhar os vínculos da, digamos, matriz com suas filiais, para que todas operassem com o máximo de eficiência. A engenharia era encontrada até mesmo nos padrões de conduta, e a velha moral da empresa familiar recebia os ares renovados do assim chamado trabalho profissional e do espírito de equipe. No saguão, Mario procurou o primeiro banco livre para apoiar a pasta enquanto tirava o paletó, afrouxava a gravata e arregaçava as mangas da camisa. Não que estivesse calor, mas ele havia suado um bocado. Ao seu lado, uma criança rechonchuda berra junto a sua mãe aturdida, que não sabe o que fazer. *O fim do mundo se chama explosão demográfica.* Mario olhou para a cena de maneira distanciada. Era uma típica família brasileira com uma ninhada abundante de filhos, todos provavelmente concebidos, gerados no espírito da fé cristã e criados no eterno regime de pecado, confissão, castigo, perdão e indulgência. A criança parou de chorar assim que ganhou uma bolacha. Mario pensa numa leitoa dando de mamar aos seus leitõezinhos.

    A época em que Mario vive está na iminência de rever radicalmente — e em todos os setores — a velha concepção de maternidade. A função suprema e natural de uma mulher sempre foi vista como a procriação. E por isso mesmo supunha-se que elas amassem indistinta e instintivamente todos os filhos. A criação de seres humanos, contudo, é tarefa trabalhosa, complexa e tão absorvente que impediria o pleno desenvolvimento intelectual de uma mãe. Donde as mulheres serem menos evoluídas do que os homens — *ver uma é ver todas* —, pois onde não há variação, também não há seleção, e tampouco evolução. E nada havia de ofensivo em reconhecer que as mais belas eram também as mais bem-sucedidas, por manterem os homens fisicamente estimulados e assim predispostos a sustentá-las. *Todas as mulheres de hoje são as vencedoras incomparáveis de um concurso de beleza pleistoceno.* E que educá-las redundava em imenso desperdício. Mas mães abnegadas e vocacionadas por natureza à família eram seres cada vez mais raros no mercado. As mulheres agora decidem *quando* e *se* querem procriar. As jovens vêem claramente diante de si os *trade-offs* entre subsistência e reprodução. Evoluíram para trocar quantidade por qualidade, e assim aumentarem as chances de uns poucos e bons descendentes. Contra toda a evidência, reluta-se ainda em admitir que as progenitoras talvez não tratem os filhos de maneira exatamente igual, mas fazem escolhas relativas a quanto de si próprias estão dispostas a dedicar para cada um, e entenda-se por isso tempo, energia, amor e — por que não? — dinheiro. O investimento parental. O problema é que querem tanto a exuberância e as emoções da maternidade quanto a disciplina e as recompensas materiais de uma profissão. Impossível. E conviver com um conflito destes é agüentar — na certa — muito (mas muito) ressentimento (mesmo), por conta da tamanha discrepância entre os interesses e investimentos de um pai e aqueles de uma mãe. Se fazem o que é preciso como mães, sentem-se prisioneiras, prejudicadas e encurraladas. Se largam os filhos para trabalhar, sentem-se desnaturadas, julgadas, amaldiçoadas. Aquelas que têm um emprego porque precisam sustentar uma família — e, diga-se, são a grande maioria —, preocupam-se bem menos com isso do que as mulheres que escolhem livremente trabalhar. E aquelas delegam ainda o filho ao cuidado de outras sem maiores complicações, como é natural. Decididamente não estou preparado para ter filhos.

    O mundo em que Mario vive não é mais aquele de seu avô, um grande advogado à frente do maior escritório de direito comercial do Rio de Janeiro, onde praticamente todos os homens da família de uma forma ou de outra trabalharam. Os organogramas das corporações atualmente haviam sido inundados por CEOs, CFOs, CIOs, COOs e isso nada tinha a ver com reorganização, mas com uma nova cultura. E a consciência de Mario interioriza-se, quando algo lhe pesa no espírito.

Mario lembrou subitamente de uma conversa com o colega que trabalhava agora na subsidiária brasileira de um grande laboratório farmacêutico. Em almoços de negócios, os boatos correm como rastilhos. E o fulano contara para quem quisesse ouvir que, há poucos dias da publicação dos resultados do primeiro trimestre, e depois que a equipe de administradores atinara com o tamanho do rombo deixado pela administradora do fabuloso fundo de pensão da companhia, o presidente do conselho administrativo, diante de todos os diretores da companhia, abriu a reunião com desculpas protocolares e o comunicado de que, face à tamanha hecatombe, algo como US$ 200 milhões precisariam ser lançados como perdas no balanço. E, enquanto o principal responsável pelo estrago apresentava suas explicações evasivas permeadas de insinuações sobre o impacto do desastre em sua própria remuneração, qual não foi a surpresa de todos, quando alguns dos outros altos executivos prontificaram-se a conseguir um extra de US$ 10, 20 e até mesmo 40 milhões para compensar a perda inesperada. Impressionante. E a história era contada para ilustrar o contraste sutil entre duas culturas: o egoísmo ganancioso e o bom desempenho em equipe. Mas Mario tinha dúvidas se estava disposto a franquear aquela zona cinzenta em que, para turbinar as próprias bonificações, os gerentes financeiros lançavam mão de suas *cookie jar reserves* sem pensar duas vezes. Mario ainda queria acreditar que a transparência derruba a ineficiência gerada pela falta de informação e que a confiabilidade permite diminuir os custos de controle. Pelo menos no trabalho, não sei se isto também vale para um casamento. E agir assim estava ficando cada vez mais difícil. Embora na sua empresa nada comparado a tudo aquilo sequer pairasse no ar, percebia claramente a ambição e o empenho de cada um para ser visto como aquele que tem o perfil exato do diretor que a empresa precisará no futuro. E a onda de remunerar os executivos via bonus e *stock options* vinha varrendo os escrúpulos e provocando distorções exorbitantes até mesmo em companhias que lutavam para proteger a imagem de negócio respeitável.

Sim, aquilo tudo era efetivamente uma panela de pressão: resultados trimestrais, analistas de mercado, gerentes de fundo, executivos medindo-se uns aos outros por sua capacidade de gerar aumentos consistentes de lucro e guiar as expectativas. Acabou-se a época em que, se você achasse uma mosca morta em seu iogurte, simplesmente jogava o produto no lixo. Em algum lugar de suas esperanças, pilhas de documentos estavam sendo picotadas.

Mario tinha planos de um dia administrar os próprios negócios. Não sabia ainda o quê, nem exatamente quando. Mas fazia alguns cálculos para que chegasse o momento em que o trabalho na empresa tivesse um fim. E por isso também estava disposto a lutar com todas as suas forças pela carreira e por seus interesses, até o momento em que ele próprio pudesse mudar sua posição no jogo. E se agora outros estavam caindo na tentação de massagear ligeiramente os lucros e manter os preços das ações em alta, não seria ele a perder a boa maré de bonificações. Por isso, inclusive, cogitava seriamente sair dali e trabalhar no setor financeiro, num banco de investimentos pequeno mas arrojado, onde os incentivos eram distribuídos na forma de participação via ações. E a coisa funcionava espetacularmente bem. Toda uma rodada de colegas estava sendo alavancada para posições bastante invejáveis, aos olhos de Mario. E ele aguardava simplesmente uma oportunidade, uma boa chance. Sabia que o banco em breve faria entrevistas para novas contratações, pois queriam um time de primeira. Quem entrasse e montasse uma boa carteira de ações, apta a obter os melhores rendimentos para o portfólio dos investidores, teria um belo futuro pela frente. E Mario sentia-se preparado para encarar o regime pesado do mercado de capitais: chegar no escritório todo dia às sete da manhã para examinar opções de compra e venda de ações, operações de *swap* e *hedging*, seguindo os pregões de perto, e trabalhar até às onze da noite. E por isso também tinha dúvidas em relação à sua vida pessoal. Embora alguém como Adriana tenha mais estômago para uma rotina deste naipe, não gosto da maneira dura como encara o jogo, sempre disposta a arriscar um pouco mais. Pois ele mesmo, a longo prazo, desejaria seguramente um ritmo menos puxado. Entraria com tudo na ciranda dos mercados futuros, mas tinha bem claro os limites do risco que era capaz de correr. E olhava para tudo isso apenas como um meio rápido e promissor de juntar, digamos assim, o seu primeiro milhão de dólares. Mas nunca como um fim, pois não era essa a vida que pretendia ter. Talvez um dia voltasse para o Rio de Janeiro — sonhava com uma bela cobertura de frente para o mar e um barco, queria viajar pelo mundo. E nessa etapa, bem mais sossegada e duradoura, a companhia de Laura seria-lhe então infinitamente melhor. Contanto que não viesse de novo com essa história de ter filho, pelo menos não já.

 Lembrou-se que era preciso avisá-la de que iria direto para a casa do sogro. Telefonar. Mas, com os acontecimentos de ontem, relutava em desincumbir-se desta tarefa. Por que aquela garota inventou de ligar para ele em casa? Uma faísca em falso na complexa fiação de seus envolvimentos passageiros. Uma tolice. Agora, sentia preguiça de falar com a mulher, embora Laura tenha lhe parecido tão terna pela manhã. Dirigiu-se para a pequena livraria e ficou à procura de algo para ler. Mario normalmente teria escolhido uma revista masculina — entrevista e *closes* interessantes —, mas hoje, não sabia bem por quê, as mulheres se exibiam nas capas com um ar vulgar, zombeteiro, causando-lhe aversão e antipatia. Eis que vê de relance uma oferta de títulos em liquidação. Numa batida de olhos, encontra algo divertido.

COMO EVITAR PREOCUPAÇÕES E COMEÇAR A VIVER
Dale Carnegie

As frases da capa fizeram-no rir com desdém.

Este livro poderá modificar o curso de sua vida:
1 — Auxiliando-o a eliminar o hábito de preocupar-se
2 — Ensinando-lhe atitudes mentais

E Mario começou a folheá-lo, ao acaso, até que sua atenção pescou algo curioso. Os americanos são mesmo malucos...

Tenho uma pasta em meu escritório particular assinalada FTD — fool things I have done. *Às vezes eu ditava esses memorandos à minha secretária mas, outras vezes, eram tão pessoais e estúpidos que eu tinha vergonha de ditá-los, de modo que os escrevia à mão...*

Isto está bom para mim... É exatamente o que eu deveria fazer. E colocar na primeira rubrica: a tolice de dar uma segunda chance à mesma mulher, sabendo que ela não vai mudar e conhecendo os seus piores defeitos.

Mario folheava o livro displicentemente, como quem procura um bom motivo para não comprá-lo.

A melancolia é como um ódio e uma censura alimentados longamente contra os outros, embora com o fim de conseguir simpatia, cuidados e apoio... As primeiras recordações de um melancólico são mais ou menos assim: "lembro-me de que queria deitar no berço, mas meu irmão estava lá. Chorei tanto que ele teve de sair". ...Esqueça-se de você mesmo e comece a interessar-se pelos demais... "A ciência, afirmou o filósofo francês Valéry, é uma coleção de receitas bem-sucedidas". Eis o que este livro é: uma coleção de receitas bem-sucedidas, e experimentadas para afastar as preocupações de nossa vida...

Mario olhou a contra-capa. Quatro reais. Uma barganha... Vou levá-lo para Laura — mais barato que anos e anos de psicanálise e provavelmente tão eficiente quanto. Não. Ela talvez não esteja para brincadeiras. Mas Paul saberá se divertir.

Mario compra o livro e caminha para instalar-se em uma mesa acanhada de lanchonete. Deixarei amanhã na mesa de Dreyfus. Pede uma cerveja e um croquete de carne e, por falta de mais o que fazer, põe-se a ler aquilo, não sem um ar de desprezo, enquanto aguarda a chegada do seu pedido.

Parte I — Fatos fundamentais que você deve saber a respeito das preocupações
Capítulo 1 — Viva em "compartimentos diários hermeticamente fechados"

Está me parecendo um tanto claustrofóbico.

Na primavera de 1871, um jovem tomou um livro e leu vinte e quatro palavras que tiveram efeitos profundos em seu futuro. Estudante de Medicina no Hospital Geral de Montreal, estava ele preocupado em passar no exame final, preocupado quanto ao que deveria fazer, aonde ir, como exercer a sua profissão, como ganhar a vida. As vinte e quatro pala-

vras lidas, em 1871, por esse jovem estudante de Medicina, ajudaram-no a se tornar um dos médicos mais famosos de sua geração.

A cerveja chegou, e quando a garçonete debruçou-se diante dele para colocar o prato e os guardanapos sobre a mesa, Mario de relance reparou na blusa justa, entreaberta, e nos seios fartos da moça. As coisas começavam a ficar mais interessantes.

Organizou a Escola de Medicina Johns Hopkins, de reputação mundial. Tornou-se professor régio de Medicina em Oxford — a maior distinção que pode ser dada a um médico no Império Britânico. Foi feito cavaleiro pelo rei da Inglaterra. Quando morreu, foram necessários dois imensos volumes, contendo 1.466 páginas, para contar a história de sua vida. Chamava-se Sir William Osler. Eis aqui as vinte e quatro palavras que ele leu na primavera de 1871 — vinte e quatro palavras de Thomas Carlyle que o auxiliaram a levar uma vida livre de preocupações: "O nosso principal objetivo é não ver o que se encontra vagamente à distância, mas fazer o que se acha claramente ao nosso alcance".

Bastante revolucionário. Gostaria de saber o que um economista tem a dizer sobre isto.

Apertai um botão para ouvir, em todos os níveis da vossa vida, as portas de ferro isolando o passado — os dias mortos de ontem. Tocai noutro botão e separai, com uma cortina de aço, o futuro — os amanhãs que ainda não nasceram. Então estais salvos — salvos por um dia!... O futuro é hoje... Não há amanhã.

Não, não. Decididamente não serve para mim que estou preso neste laço apertado, neste nó. Mario contava com a liberdade do futuro e se preparava para ela. Largou o livro de qualquer jeito em cima da mesa, sequer preocupou-se em guardá-lo na pasta: não se daria ao trabalho de continuar lendo aquela lengalenga.

Nada do que me atormenta, contudo, é novo. Embora o seja para mim. Casamento ou separação, risco ou prudência, apostas de toda ordem: mudança de emprego, um novo domicílio, uma outra mulher. Mario é o tipo de pessoa que acredita não ser preciso queimar a própria mão para aprender que o fogo é quente, tão simples quanto isto. E, na dúvida, não se mexe em time que está ganhando. Mas será que o meu time está mesmo ganhando? Sentiu calor. Pediu mais uma cerveja. Ou será que estou marcando passo numa vida fadada à mediocridade? Desejaria dispor de um banco de experiências bem-sucedidas, de onde tirasse inspiração para as minhas próprias decisões. Mario gostaria de ter um modelo de ação, um líder. Alguém lúcido e ciente das mudanças que se operam no mundo, flexível e disposto a mudar o rumo quando a grande maioria permanece acomodada nas formas ultrapassadas de agir. Que o ajudasse a intuir o melhor caminho e a antecipar-se aos fatos, a convencer a si mesmo mas principalmente aos outros de que havia algo muito oportuno a ser feito. É exatamente para isto que servem os líderes: supomos o que fariam em nosso lugar, e tentamos imitá-los. E a primeira atitude de uma boa liderança evidentemente seria evitar as procrastinações. Lembrou novamente de Laura e decidiu telefonar-lhe imediatamente.

CAPÍTULO 5

O camarão ao champagne

Sonia serviria no jantar aquela receita de camarão. Não era muito trabalhosa — apesar de cara. Inovaria somente nas entradas, com os tais *champignons* que havia provado naquele bistrô da serra e vinha tentando copiar em vão. Mas, desta vez, iria prepará-los pessoalmente e usaria, além do cerefólio batidinho, as outras ervas da Provença — tomilho, sálvia, segurelha e alecrim —, o estragão, bem pouquinho, um dedo de vinho do Porto no molho, e podia jurar que era este o segredo. Experimentaria ainda a tal salada de arroz selvagem que Olivia vira na revista.

Pois Sonia escolhia o cardápio também em função das cores do que seria servido e da previsão do tempo. Hoje desejava que a alegria e a coragem imperassem, ainda que de todo não pudesse livrar-se de seus próprios dragões. E aquele cereal — que lhe causara tão forte impressão — condizia ainda com um certo estado de ânimo, a perda de alguém. A morte súbita da amiga querida provocara em Sonia uma suspensão de alegria com a qual se deparava toda vez que tomava nas mãos aquele fichário de receitas. Fora surpreendida, há um ano, por um telefonema brutal, em que a filha de Silvinha — chamava carinhosamente assim a amiga — comunicava-lhe o terrível acidente que havia tirado a vida da mãe. O abalo fora tremendo e, desde então, Sonia experimentava um novo tipo de solidão. A amiga de tantos anos se fora subitamente, sem qualquer despedida ou preparação. Sonia não tinha irmã e o que vivia com a amiga era seguramente um sentimento fraterno, sem os ressentimentos típicos de uma vida familiar. E a companhia mútua que há décadas faziam-se no dia-a-dia, em cada pequena alegria, em qualquer dificuldade, estava definitivamente rompida.

Rompida, de todo, não. Silvinha ainda difundia na vida de Sonia um tipo de apoio — solidário e desinteressado — que só as mulheres precisam e sabem dar umas às outras. Pois o riso e a voz muito particulares da amiga tão próxima e amada estavam ainda espantosamente vivos em sua memória. E a maneira bondosa como ensinara-lhe a encarar a vida continuava como um norte, sempre que Sonia sentia-se desorientada e perdida. De forma que mantinham uma certa relação, embora a vida agora fosse unilateral.

Sonia hoje havia cogitado uma pequena modificação na receita original, com o intuito de incluir técnicas mais modernas no modo de utilizar os camarões na cozinha — uma situação típica em que as duas conversariam longamente por telefone para ponderar prós e contras do novo procedimento. E a verdade é que Sonia não fazia nada sem a aprovação da amiga e agora temia comprometer irremediavelmente o prato que todos saboreavam tão bem.

Dirigiu-se à cozinha.

— Venina, deixe o camarão pronto e o *champignon* cozido, só faltando terminar o molho. Na hora de esquentar para servir, a menina que trabalhará à noite colocará o creme de leite. Ela deve chegar daqui a pouco. O garçom vem bem mais tarde. Acho melhor fazermos a receita do jeito que você está acostumada. Vou dar um pulo ao supermercado para trazer os refrigerantes e comprar gelo. Tem alguma coisa que você esteja precisando?

— Não senhora, não falta nada para o jantar... Ah! A senhora me pediu para lembrá-la das velas. E das azeitonas, pois o que tem na geladeira é pouco... As flores, a senhora disse que a Lili vai trazer.

Tudo aquilo já estava marcado no papel e Sonia sentia uma pequena irritação quando a empregada tentava se mostrar prestativa. E particularmente porque hoje não poderia ficar para servir o jantar, pois tinha não sei o quê na igreja que freqüentava — esses débitos e créditos informais entre uma patroa e sua empregada. Venina não ouvia mais rádio, nem seguia as novelas pela televisão, desde que entrara para uma certa igreja batista; e a maneira como se entregara às novas convicções havia adulterado bastante sua forma de lidar com a vida. E não traria azeitonas, pois só precisaria delas para o drinque de Andrea, se é que hoje ele tomaria Dry Martini.

— Se alguém ligar, por favor, diga que já volto.

Venina preparava aquilo sempre. Mas não custava ler de novo a receita — que faria três vezes maior —, um hábito adquirido à força de tanto ouvir da patroa, com um ar enjoado: "o que você fez de diferente, desta vez?". Como se não soubesse que nem sempre temos tudo o que é preciso na cozinha e que a gente percebe quando não é dia de criar dificuldades — pois quem não tem um certo prazer ao dizer para a patroa que algo está faltando, em fazê-la sair para comprar e ser, assim, servida por ela? Por sinal, a máquina de lavar roupas estava com o mesmo defeito. Mas não era hora de tratar daquilo, embora o serviço ainda estivesse na garantia e fosse preciso apenas chamar o técnico, um moço até bem simpático — mineiro como ela — e que fez o serviço melhor do que o outro, aquele da assistência técnica, careiro e caladão. A lavanderia estava abarrotada de coisas para lavar... Inclusive os casacos de lã — que a patroa quando acabava o inverno tirava do armário e fazia questão de lavar um por um, com sabão de coco, e esticá-los ao sol, sobre uma toalha.

1 kg de camarões graúdos, 2 copos de champagne seco, 250 ml de creme de leite, 1 vidro de champignons, 2 colheres de ketchup, 1 cebola, 2 colheres bem cheias de manteiga, 1 colher de chá de farinha de trigo, salsa, coentro. Lave muito bem os camarões (retire os olhos e as barbas) e tempere-os com limão, sal e ramos de salsinha e coentro. Deixe uma hora no tempero.

Lili fora ao Mercado de Pinheiros especialmente para comprá-los. E, apesar de sua mania de fazer economia com o dinheiro alheio, desta vez ela voltara com o que havia de melhor. Venina por isso se dedicava a eles com a maior devoção. E os camarões eram tão grandes que dava para lhes perceber as diferenças — o tempo de crescimento, a constituição física, as condições digestivas. Com cada um daqueles pequenos seres na mão, debaixo da água corrente, Venina tinha a clara noção de sermos pessoas que comem outras pessoas. Por isso, no fundo, sentia nojo daquela comida e raramente alimentava-se do que ela própria cozinhava — tinha as mãos comprometidas por aqueles pequenos assassinatos. Aliás, isso irritava a patroa. Sonia estranhava aquilo — que não comesse, embora fosse gorda —, mas também não fazia cara boa quando notava que ela havia atacado a sobremesa ou os chocolates. Sobretudo os chocolates — quanta miséria por conta daquele chocolate! De modo que os evitava para não aborrecer a patroa e trazia sempre na bolsa o seu próprio pacote de bolachas. Mas do que gostava mesmo era de pizza. E quanto a isso, realmente não podia reclamar. Toda segunda-feira, era sagrado! Estavam lá, esperando por ela, os dois pedaços que haviam sobrado do lanche de domingo. E ela comia-os logo cedo, antes mesmo de começar o serviço. Certa de que aquilo era coisa do doutor Andrea. Pois a patroa guardava qualquer coisinha no *freezer*, dizia que tinha dó de jogar comida no lixo, com tanta gente passando fome no mundo. Mesmo que fosse um pedacinho de nada.

Sem coentro — o doutor Andrea não suporta coentro!

Venina tinha uma verdadeira adoração pelo patrão. E além de cozinhar, passava-lhe as camisas tão bem que pareciam vindas do tintureiro — ele comentara isso uma vez e, orgulhosa, ela jamais esqueceu. Embora ele não fosse de muita conversa com os empregados, era mais gentil que a patroa — esta tinha os nervos sempre à flor da pele. Colocou os camarões lavados no tempero e sentou para escolher o arroz. Pois Lili tinha inventado agora aquela moda de arroz selvagem. Ela nunca tinha visto aquilo.

Deve de demorar umas duas horas para cozinhar. Santo Deus! Quanta coisa nova aparece no mundo. Se bem que a dona Sonia disse que não precisava nem escolher. Mas olha só: é melhor a gente ver bem o que está pondo na panela.

O arroz saiu impecável do pacote e Venina ficou lá, sentada no banco fazendo hora para começar o jantar. De repente, toca o interfone: era o porteiro perguntando se podia mandar subir a moça que ia ajudar no jantar.

— Pode mandar subir, Valdemar, que vou abrir a porta de serviço.

A moça era mirrada, novinha de tudo, com a pele toda esburacada e um cabelo escuro e ralo. Venina inspecionou o jeito dela, que abaixou os olhos. Dali a pouco, estavam conversando.

— Como você chama?
— Rosana.
— Senta, menina. Se quiser uma água, um guaraná, pode pegar aquele que está aberto na geladeira. A dona Sonia hoje vai comprar tudo novo. E põe suas coisas lá, no quarto, porque por enquanto não tem serviço para você não.

A moça saiu, sem dizer nada, por onde Venina indicava; e num instante estava de volta.

— De onde você é?

— De Vitória da Conquista, cheguei faz um ano.

— Já acostumou com São Paulo?

— Ainda não acostumei, não senhora.

— Aqui foi fácil de achar?

— Conheço bem o bairro porque já tinha trabalhado pra essas bandas.

— E o que você faz na casa de Laura?

— Na dona Laura, eu arrumo e passo, duas vezes por semana.

— Quer tomar um gole de café?

— Não tomo café, não senhora, porque sofro do estâmago.

Venina serviu-se da bebida num copo de requeijão e sentou, no banquinho da cozinha, de frente para a moça. Tomou um gole, pigarreou e desembestou a falar.

— Ainda bem que ela hoje acordou de bom humor, a dona Sonia. A pior coisa que tem é patroa dentro de casa, em dia de festa, estorvando o serviço da gente: "faz isso, faz aquilo".

A moça continuava quieta, olhando catatônica para ela.

— Se bem que dona Sonia agora anda melhor, com os filhos criados. Apesar daquele problema com o Martim, de ter largado a faculdade. Mas esse, não tem jeito. Desde pequeno: sempre foi um capeta e a vida toda dando trabalho para a mãe. Também, do jeito que aquela ali mimava o menino. Parece até que preferia ele do que as filhas. E o menino era de morte: azucrinava as irmãs, pegava e fazia que ia cortar com a tesoura o cabelo delas. E aquela gritaria, as meninas fazendo de assustadas e o outro se esborrachando de rir. Porque aquilo gosta de uma malvadeza. E foi a dona Sonia que estragou o menino, o filho único. E olha que a Lili sempre foi boa, um anjo; faz tudo que a mãe manda e sem responder; e mesmo casada, vivia aqui, grudada na mãe — vai ver até que foi isso que atrapalhou. E Laura... Bem, essa não adianta, vive mesmo na lua. Mas se não ajuda, também não atrapalha. E ninguém dava nada por ela, pois não é que arrumou um santo para marido e chispou de casa, antes de todo mundo? Escritinho ao pai: educado, limpinho, vem sempre cumprimentar as empregadas e tem uma paciência de Jó. Pois o Mario não é como aquele namorado, que não servia pra nada, só para colocar música na vitrola. Vitrola, não, que já nem tinha mais disso. CD. E chegava e já ia entrando para o quarto. E não lavava direito aquele cabelo ensebado, e largava caspa até no sofá, porque chegava e já ia se esparramando e chamando a Laura para ir deitar lá com ele. Mas ainda bem que ela deu certo com o Mario, pois hoje em dia anda difícil de casar. E aquela ali é meio geniosa, puxou a mãe.

E a moça, calada, olhava séria para Venina.

— Mas o que judiou mesmo da dona Sonia não foram os filhos, não. Foi a história dos irmãos — de um roubar a mulher do outro. E de um — o corno — ter ainda ficado com a filha, pra criar. Lia, afilhada da dona Sonia. Afilhada mesmo, não. Porque aquela ali nunca que foi batizada e ficou assim, só no prometido. A mãe se mandou, antes mesmo de levar a menina à igreja. Mas a dona Sonia é mulher de palavra e ajudou o irmão a criar a sobrinha. Credo. Essa, sim, uma entojada. E feia. Mas a dona Sonia queria um bem danado a ela, como se fosse uma filha de verdade. E a menina vivia aqui. Também a coitada não tinha mãe. Porque a dona Helena era linda, parecia uma artista de cinema com aquele cabelo loiro, douradinho, douradinho, feito um anjo, mas desnaturada. E os olhos, que pareciam duas jabuticabas, piscando para a gente do pé. Anjo! Boa bisca: fugiu com o cunhado e largou do marido. Deixou tudinho: filha na mamadeira, emprego — porque ela era professora —, casa para cuidar, família. Quanta coragem! Mas estava na cara que aquilo não ia de dar certo. Era só olhar para o doutor Ivan: um derramamento pela cunhada que só vendo. Aquilo não prestava e nunca haveria de prestar: o irmão mais velho, no batente — porque aquele, desde moço, sempre foi bom de ganhar dinheiro! —, e o outro, em vez de trabalhar, era só Heleninha pra cá, Heleninha pra lá. Toda hora era um jogo de tênis, um tal de irem juntos para o clube de campo, passar o dia. E os dois pareciam ter a mesma idade. Se bem que ela é mais velha, uns quatro anos. Só que não parecia, com aquela pele bem tratada e aquele rosto redondinho. Todo mundo pensava até que eram irmãos — a dona Helena mais o doutor Ivan. Naquela boniteza toda, naquele grude. Irmãos! Essa é boa. Bonito, não — pois nessa família, tirando o doutor Andrea, não tem homem bonito. Forte. Pelo menos não usava óculos que nem o irmão dele, ainda que fosse dos olhos miudinhos. E mais alto, com aqueles braços de quem pega no pesado. Mas tudo só academia. E natação, porque quando era pequeno ele sofria de asma e dizem que nadar faz bem. E a mãe acostumou, então, ele assim, no clube. Um bambi — era assim que o doutor Nicolas gostava de chamar o irmão: bambi. E o outro ficava louco. Sempre foram que nem cão e gato: brigavam por tudo, só que longe da mãe. A moça que trabalhava para a dona Helena, assim que eles fugiram, contou que ela e o doutor Ivan viviam num agarramento, só na base do beijinho, sem o menor remorso. E a mulher fazia o que queria dele, coitado. Até levar café na cama parece que era ele quem levava. E filho, para quem quisesse ouvir, ela falava que não queria, "porque filho estraga tudo". Uma desnaturada. Decerto foi por isso que a filha saiu assim ruim, complexada. Mas parece que era só para não desfazer do marido. Que, de menino, falam que o doutor Ivan teve as bolas cozinhadas para dentro. E depois ficou assim, incapaz de emprenhar mulher. E o pai só contou quando ele já era um moleque feito — pois quem é que havia de contar? E foi daí que ele deu de aprontar, não queria saber de escola, vivia na rua. E pegou ódio no irmão. A mãe não falava nada, porque tinha dó. O pai, esse nunca disse um não para aqueles filhos. E por conta daquilo é que o doutor Ivan, dizem, é doente de ciúmes por aquela mulher, até hoje. Não gosta nem que fale no telefone. Agora estão morando no Rio, onde parece que é bem melhor para os negócios dele, aquilo de reformar e vender casa. Decerto é para afastar a dona Helena de alguém — porque aquela lá gosta de uma má companhia e gasta que nem uma desaforada. Parece que o doutor Nicolas perdoou o irmão. Mas disse para a mãe que nunca mais queria nem olhar na cara dele, nem no Natal. E don'Ana quase morreu de desgosto, nunca mais viu os filhos juntos. Mas ela adorava o doutor Ivan, que sempre ligava para ela. Mas depois esse também se escafedeu. E contam que o doutor Nicolas já estava enrabichado com uma tal advogada, lá do escritório dele. Não com essa tal de Tereza, que ele arrumou agora, toda arreganhada e que tem idade para ser filha dele. Onde já se viu? Decerto acostumou com um bom chifre. Uma outra, já meio passada, do cabelo curto e mechado. Quer dizer, do escritório do sogro. Pois o sogro adorava o doutor Nicolas como se fosse um filho, o filho que ele não tinha e nunca haveria de ter. Porque a sogra, contam, morreu novinha de parto, quando a dona Helena nasceu. E foi por isso que ele saiu do interior e veio morar num hotel — ele mais a filha. Porque não tinha esposa e nunca quis saber de outra mulher. E dona Helena foi criada em salão. E o pai deixou tudinho para o genro. Era louco por um neto e teve uma neta mulher. E dizem que quando aquela safadeza toda estourou, foi ele que contou antes de morrer, porque disse que não ia levar aquilo para o túmulo. Mas o doutor Nicolas já nem se importava mais de largar a mulher — que era mesmo uma ordinária e ele sabia disso há muito tempo, desde o noivado, quando ela andou se engraçando com o melhor amigo dele. E que estava mesmo era só esperando para entrar no bembom. Ligar vai ver que não ligava. Mas quem é que agüenta ver a mulher fugindo com um irmão? E ele só de pirraça fez que queria ficar com a menina, para ver o jeito dela. Pois é advogado e sabe muito bem que quando é a mulher que sai de casa, a tranqueira sobra toda para o marido — filho, casa, escola para pagar. É a justiça. Justiça! E a mulher foi embora com o irmão sem nem olhar para trás, para a filha. Foi isso o que mais doeu nele. Mas parece que foi ruim para os dois, porque o doutor Ivan no fundo era doidinho por aquele irmão, e fazia tudo copiado, igual a ele. Vai ver que era só inveja daquela história de ele não poder engravidar mulher. E se for ver, um nem parece irmão do outro. O doutor Nicolas — esse é um secarrão, que vive reclamando de tudo, sério, enfiado num escritório, no meio dos livros. Já o doutor Ivan, é uma simpatia. Aquele sorriso de dar gosto na gente, com os dentes tudo branquinho. Pois ele é o único que não fuma, por causa da asma. Mas, desde que eu conheci, se você olhasse bem, percebia que ele era triste, antes mesmo daquela confusão. Vai ver que já sabia da história de não ser macho. A gente não esconde nada de uma criança, ainda mais dele. Tanto que a menina de pequena já sabia de tudo, das sem-vergonhices da mãe; e falava daquilo para quem quisesse ouvir. Um dó. E parece que depois ele ficou pior, com a amargura do irmão. Triste que deu de beber. Se fosse pobre, um teria matado o outro, na certa. E até que seria bem feito. Não, não, porque o doutor Pedro mais don'Ana não mereciam aquilo. Só de ter a família assim brigada, e os próprios filhos, um chifrando o outro, já foi um tamanho desgosto. A mãe ali, vendo tudo, quieta, sem poder falar nada para não pôr um contra o outro. Decerto aconselhou o doutor Ivan, que subia sempre no quarto dela para conversar. O filho deu tanta preocupação que deixou a mãe com o cabelo branquinho, de um dia para o outro, de tanta noite sem dormir, esperando o filho chegar guiando o carro do pai, sem saber onde ele estava metido. Saber, sabia — que era entre as pernas de alguma mulher. E quando soube de qual, ficou horrorizada e queria dar um basta naquela barbaridade. Mas conversa nenhuma adiantou. E parece que foi a filha quem apartou os irmãos, naquela desgraceira. A filha e o genro, porque o doutor Andrea é um homem de juízo, e não um desmiolado que nem eles. E o doutor Nicolas respeita ele. Tanto respeita, que ouviu. Parece que se não fosse ele, um tinha dado um murro no outro. Mas a mãe, não merecia isso: era um docinho aquela mulher — que Deus a tenha. Não era boa dona de casa, assim como dona Sonia que gosta de tudo certo. Mas era boa com as empregadas, com aquele jeito sempre mansinho de falar. Destrambelhada que só ela, com aquela mania de doença e os remédios dela, que nem vendia na farmácia e tinha de mandar buscar na cidade. E aquela coleção. Era coleção de tudo: lenço, caixinha de música, cartão postal das viagens que ela fazia com o marido. Que não era só Poços de Caldas, não! O doutor Pedro de mocinho era rico. O pai dele parece que era dono de fazenda no interior, lá para os lados do norte do Paraná, plantava café. E então ele levava a mulher de navio para a Europa e enchia ela de jóia nos aniversários. Mas o doutor Pedro não era fazendeiro como o pai. Tinha estudado para ser médico, no Rio de Janeiro, mas depois voltou para São Paulo e se meteu em política e só depois que o pai morreu que ele foi cuidar de fazenda — mas aí não sabia nem plantar um pé de milho. E a don'Ana parecia uma princesa. Mas dos olhos arregalados. E assustadiça, coitada. Dizia que era para o estômago, mas quem acredita? Tomava daquele pó branco misturado com água, e ficava lá, fazendo crochê, com a boca esfarinhada e aquele monte de lã. Enquanto o marido jogava e ia perdendo tudo — as jóias que ela tinha herdado da mãe, os brincos do casamento. Até a aliança, parece, o doutor Pedro empenhou por causa de jogo. E o homem tinha cada mania! Dizem que esses nomes que ele inventou para os filhos, tudo foi tirado dos livros que ele leu. Que a mulher não queria, mas ele ia no cartório e fazia tudo diferente, da cabeça dele. E ela não falava nada. E coitada da cozinheira daquela casa! Don'Ana não podia com nada — nem com leite, nem com molho, nem com um tiquinho de tempero, um grão de pimenta que fosse — que desandava naquela caganeira. O café da manhã tinha de ser variado: vitamina, pão com queijo no forninho elétrico, banana amassada com aveia. E na comida, tudo sem sal por causa da pressão alta do doutor Pedro. Os filhos achavam que era do nervoso, de tanto o marido se definhar nas cartas. Mas para mim era medo de passar necessidade que nem uma qualquer, por conta daquele descabeçado. Ela que vinha de uma família tão rica. É o destino! Bem na noite em que o desgramado ganha, acordou morta, mortinha. Bateu as canelas. Dizem que foi de propósito. Que naquele dia o doutor Pedro levantou, convencido de que ia ganhar. Tinha sonhado não sei com o quê e era batata. E só falava naquilo, que nem ler o jornal ele leu. E sumiu. Mas aquilo foi deixando a mulher de um jeito! O dia inteirinho, sem notícia, um desassossego que só vendo. As empregadas nem sabiam mais o que fazer — uma hora era chá; outra hora, ventilador, banho de banheira. Fizeram de tudo para dar um pouco de paz para aquela coitada. Até que don'Ana pediu o remédio, porque aquilo também parece que acalmava. A empregada — uma tal de Vilma — viu ela encher uma colher, mas das grandes, daquele pó branco, cheinha, cheinha de derramar. Misturar num copo que nunca que aquilo era de água. E virar tudo, de um gole só, com gosto. Dava para ver que era um exagero, mas quem que havia de falar um ai? A mulher naquele pressentimento. Depois, quando vieram perguntar para ela, mandaram ela ficar quieta, com o negócio de que não era água. Pediu um chá de boldo — ela que nunca tomava chá de boldo porque achava amargoso — e subiu para o quarto, dizendo que ia descansar, e não queria ninguém importunando. E ficou lá, sozinha, escutando rádio. Porque parece que naquele dia o doutor Pedro ia apostar nos cavalos. E ninguém teve coragem nem de olhar pela porta. Nem para perguntar se ela queria um prato de sopa. Isso também não está certo, era preguiça daquelas meninas que trabalhavam para ela. E nem um filho telefonou. E ela ficou lá. Porque o marido chegou com o sol quente. Bêbado como um peru, pois disse que tinha ido comemorar. E era mesmo para comemorar, pois não é que o infeliz naquele dia levou uma bolada para casa? Dinheiro grosso, que ele ganhou nesse tal do Jockey Clube. Foi o troco daquela vida de perdição. Mas só que, quando deu com a mulher, a don'Ana, viu que ela estava morta. Mortinha, dura e preta. Preta mesmo, porque parece que sufocou e ficou assim meio esverdeada. Outros dizem que não, que sorria como um anjinho livrado do inferno. Credo. E aí foi uma gritaria, um corre chamar o médico, que até os vizinhos vieram para ver o que tinha acontecido. E chegou o doutor Ivan de táxi, desesperado pela mãe, chorava que nem criança desmamada. Foi aí que o doutor Pedro fez a promessa de nunca mais jogar. E de não fumar. E o arrependimento daquelas empregadas, meu Deus! Era de dar dó. Mas depois tudo continuou igual, pior que nos tempos de don'Ana. Tudo aquilo para limpar, as pratas pretejando, sem uma mulher para tomar conta, para dizer o que ia fazer para o jantar. E as empregadas, o dia inteirinho na televisão. Os guardas da rua em casa, com elas servindo cafezinho. Parece que até beber, bebiam. E serviam para o doutor Pedro só macarrão. As coisas da don'Ana lá na penteadeira — perfume, escova, caixa de música. Que ele não queria que ninguém mexesse, nem para limpar o pó. E estava lá, até hoje, se os filhos não cismassem de tirar ele daquela gastança. Pois parece que eram os filhos que pagavam as contas — quer dizer, a dona Sonia e o doutor Nicolas. A dona Sonia não, o doutor Andrea. Porque é ele que põe dinheiro nesta casa. Ela, tudo que ganha, gasta com bobagem: com dermatologista, limpeza de pele. E creme. Que deve de ser tudo uma porcaria, porque ela está que nem uma ameixa de enrugada. Mas rico não presta nem para ajudar um pai na velhice quando precisa. Ninguém queria ficar com ele em casa. Uma ingratidão. Pobre, não: chama a mãe de senhora, pede a benção, entrega o salário limpinho na mão dela. Se bem que hoje em dia os filhos andam muito desbocados. Isso era no meu tempo, que a gente obedecia o pai sem falar um ai. Então puseram num apartamento com a enfermeira tomando conta. Enfermeira não, que o doutor Pedro não precisa de enfermeira. Uma mulher lá, que cuida dele. Porque além da aposentadoria, o doutor Pedro ficou sem nada, nadinha. E lelezinho, coitado. Até hoje, sem um pêlo no corpo, nuzinho que nem um bebê, gosta de ver uma perna de mulher. Só sobrou bijuteria, que ele deu para dona Sonia. Pois parece que a don'Ana de toda jóia tinha igual uma bijuteria. E por isso o marido passava a perna nela, e tirava as coisas do cofre, sem ela saber. Quase uma desfeita para a dona Sonia, coitada, depois de perder no jogo as jóias da mãe. E aquele monte de toalha e lençol de linho, tudo bordado à mão, do enxoval da don'Ana, renda do estrangeiro, que a dona Sonia trouxe para cá, quando foi desocupar da casa as coisas da mãe. O doutor Andrea fez gosto, porque aquele foi criado só na base da roupa de linho, até as cuecas parece. Agora não, agora é só algodão, que ele não é de tolerar nada sintético. Principalmente as meias. E nem havia de encontrar de linho, pois se até o algodão anda difícil. E caro, os olhos da cara. E toca a gente ainda engomar toalha, lençol, tudo na mão. E passar com aquele ferro fervendo. Ô paninho ruim de passar, aquele! Tem de molhar, porque senão não dá jeito, não consegue. Nos dias de hoje, com cada ferro. Molhar pano depois de seco! Que tem de tudo em tergal, sai da máquina prontinho, e nem precisa passar.

A moça aproveitou a trégua.

— Será que eu podia usar o banheiro?

— É ali no fundo, perto do quarto.

Venina decidiu se dedicar à receita, ligeiramente contrariada pela interrupção.

Ponha depois os camarões numa panela, regue com o champagne e leve ao fogo brando. Deixe cozinhar até reduzir o vinho pela metade.

Há um bom tempo lá, estendidos na bacia, os camarões exalavam um cheiro próprio mas promissor. Venina tirou a rolha da garrafa num barulho seco. Mas o líquido frisante escorreu-lhe pela mão e ela lambeu os dedos, ligeiro. Aquilo sim era bom! Se bem que preferia a cidra, que no Natal sempre tomava com a irmã, porque era mais doce. Lavou as mãos e enxugou-as no avental molhado. Teria de cozinhar no panelão. E não podia se esquecer de colocar umas duas folhas de louro e nem de temperar o refogado com noz moscada, pois aquilo também era de lei naquela casa.

A moça voltou e as duas continuaram quietas.

Enquanto o camarão cozinhava, ela saiu para verificar se as coisas de prata estavam limpas. Dona Sonia na certa iria servir o jantar na baixela de don'Ana e usar o faqueiro de festa. Era uma boa tarefa para passar para aquela sonsa, ali parada, pois a patroa dizia que o produto de limpar prata é um verdadeiro veneno na mão de cozinheira. Mas estava tudo limpo.

Venina, de volta, recomeçou a falar com amargura.

— Bom, pelo menos isso a nojenta fez. Não estou falando de você, não. É da faxineira. Ganha tão bem, para chegar às nove e sair às três! Sem contar que, por qualquer coisinha, pára o serviço, e vem pedir café. Café! Faz gastar aquele monte de pó. E depois vem a dona Sonia, de cara feia: "de novo? Mas já acabou o café?" E fica lá na cozinha, sentada no banco com aquele pernão escancarado, para quem quiser ver, esperando a gente servir. E aquele olhar de peixe morto. Os dentes, tudo estragado, de tanto açúcar que põe, de ficar enjoativo. Onde já se viu? E depois sai para fumar e fica lá infestando a lavanderia com o cheiro do cigarro. E pega as revistas da patroa como se fossem dela, que é para saber o que está na moda. Mas nada disso a dona Sonia vê. E ela acha aquela ali o máximo, só porque arrumou na agência. E tem de parar antes para tomar banho na hora de ir embora, demorada que nem uma baronesa, gastando aquele monte de água quente, no chuveiro elétrico. E com a minha toalha! Mas limpar que é bom, nada. Aquela porca deixa lá, aquele monte de cabelo no ralo do chuveiro, na pia. O perfume, então, é de vagabunda. Sem tirar nem pôr. E tem o desplante de dizer que a gente é da mesma igreja. Mesma igreja! Aquilo é o demo. Quando vai embora, toda exibida com aquela calça agarrada na bunda, e um cigarrinho na mão. Vê se pode uma coisa dessas. Gosta de mostrar o rabo para qualquer um, parece uma cadela no cio, a desavergonhada. Diz que está noiva de um cobrador que leva ela todo o sábado para dançar e jogar dominó. Que quando casar ele prometeu voltar com ela para a Bahia, para conhecer a família dele, a mãe e as irmãs, e depois trabalhar numa pousada. E que ele está pagando para ela a prestação do vestido, que vai casar na igreja e já tem as alianças. Se fosse minha filha, levava uma surra de arrancar o coro, para ver só o que está na moda.

Venina ergueu a tampa e sentiu o aroma picante que saiu da panela: tudo certo.

Retire do fogo, coe e reserve para o molho. Descasque os camarões e limpe.

— Será que é pouco?

A moça levantou ligeiro para olhar a panela.

— Ah! Eu não sei dizer, não senhora.

— Camarão não rende. Caro que só vendo, e não rende. E ó o trabalho que isso vai dar para limpar... E aquilo são unhas? Como pode uma faxineira com uma unha daquele tamanho? O esmalte não tem um descascado. E, a cor! Deus me livre. O pé, preto de tão encardido, de vir de sandália lá dos quintos dos infernos, faça chuva, faça sol. Mas de unha sempre pintada, como uma madame. E só porque é a mais branquinha naquela família de preto e de gente do cabelo ruim. O noivo parece que é meio sarará, do cabelo pixaim mas claro. Ela me mostrou ele na fotografia.

Venina arrancava a casca dos camarões com a mão; tirava a cabeça, o rabo, e passava um palito para limpar as tripas. Mas aquilo ainda estava pelando e seus dedos rosados e amolecidos pareciam escaldados.

— Precisa que eu ajude?

— Não precisa, que eu já tenho prática... Setenta e cinco anos do doutor Andrea. E eu, trabalhando nessa casa há quase trinta anos, nem servir o jantar eu vou. Desaforo. É ruim a gente se apegar ao que não é nosso. Mas na hora que eu fui falar com a dona Sonia, com medo dela, dizer que eu não ia poder servir a janta, parece que ela até gostou. Olhou bem na minha cara e disse que não tinha importância, que ela ia então chamar o garçom. Na hora da festa, a gente não faz falta. E essas crianças, então? Eu que criei. Vi cada uma crescer e dei mais banho neles do que a própria mãe. Agora, cada um para um lado. E nem lembram mais da gente. Eu bem que me ia embora, e era bem feito. Porque já estou descadeirada de tanto trabalho. Voltar para Minas, procurar um lugar para abrir uma lanchonete, fazer comida para fora. Mas dizem que a gente não acostuma mais na roça, depois que viveu na cidade, de morar com a família, com os irmãos. Mas as minhas irmãs, está tudo aqui para os lados de São Paulo, trabalhando de empregada que nem eu. Que pega gosto por andar de ônibus. Duvido que não! Se a gente acostuma até a trabalhar na casa dos outros, a servir de empregada, como é que não há de acostumar na terra da gente?

Deixou o que vinha fazendo e voltou-se para a receita.
Coe a água e corte os champignons em lâminas.
— Isto aqui é coisa da Laura: fazer a mãe comprar os cogumelos na feira e preparar em casa. Não sei como alguém pode comer isso... Vem que é terra pura... E até bosta de vaca eu já encontrei, com essa mania de ser orgânico, que tudo precisa ser orgânico. Orgânico! Isso começou quando ela voltou de viagem, cheia de nove horas. E cismou com aquilo. No Brasil, nunca teve disso, não. Onde já se viu? A mãe, a vida inteira comprou o cogumelo de supermercado. E agora, essa frescura. Só porque a filha encheu a cabeça dela. E toca ir a feira, toca lavar aquele monte de verdura imunda em casa. Pra que aquilo? Rico tem cada uma. Como se a gente já não tivesse bastante serviço. Mas é que a dona Sonia se pela de medo de morrer, igual a mãe. E come muita salada. E vai direto na conversa dos filhos. Depois, a comida sai uma porcaria e a culpa é sempre da gente — que não leu direito a receita, que fez tudo com má vontade. Com má vontade! Como se alguém fizesse isso de boa vontade... Ser empregada dos outros.

Venina escuta alguém que chegou. Só pelo barulho da porta, pelo jeito de pisar ela já sabe quem é. É dona Sonia, que voltou do supermercado e quer ajuda para trazer as compras para a cozinha. Ela recomeça a descascar o camarão mostrando para a patroa que está muito ocupada.

— Boa tarde, Rosana. Você chegou cedo. Venina, você pode deixar isso um pouquinho e pegar no carrinho a bebida que o porteiro está trazendo?

Sonia sempre chegava com alguns pacotes — os mais leves — pois tinha um certo constrangimento em fazer a empregada, que era mais velha, carregar peso.

— Pois não, dona Sonia, eu já vou.

A menina deu um pulo.

— Deixa que eu ajudo.

— Hoje é dia!

Depois, de lado, dá as ordens para o serviço da moça.

— Antes que eu me esqueça: separe depois a toalha que usei no Natal e veio do tintureiro. Estenda na mesa já com o forro, que é para ir perdendo o vinco. Mas se estiver com as dobras muito marcadas, não adianta. Peça para a Rosana dar uma sapecadinha com o ferro. E também separe os guardanapos, que estão na rouparia, veja se precisa passar. E tire da cristaleira as taças para passar uma água. Mas diga para tomar cuidado com o meu cristal. E não enxugar, pelo amor de deus, com o pano de prato, para não ficar cheio de fiapos. Peça para deixar escorrendo na bandeja. Sou eu que quero pôr a mesa, depois de tomar meu banho.

Sonia saiu para o quarto. Venina voltou para a cozinha e seguiu à risca as recomendações da patroa. E ficou lá enquanto a outra passava a toalha na lavanderia.

Meu Deus! Isso aqui quase que seca demais.

Desligou o fogo e terminou de limpar os camarões. Jogou aquela montanha de casca no lixo, não sem antes fechar tudo num saco plástico, para não ficar cheirando, que o doutor Andrea não suporta cheiro de peixe. Separou os cogumelos na tábua e com golpes certeiros transformou aquilo numa profusão de pecinhas.

Meça um copo do molho de champagne (da cozedura dos camarões), junte a água dos champignons, a farinha, o ketchup e o creme de leite. Misture bem e passe pela peneira.

Fácil, mas é melhor deixar tampado e na geladeira, se tiver lugar. Porque o creme de leite fresco é louco para estragar. Depois eu explico para ela como fazer, na hora de acabar o jantar. Aposto que só vai usar isto lá pelas dez horas da noite, que é quando vão servir a janta. Hoje o negócio na certa vai ser arrastado. O doutor Nicolas chega sempre bem depois dos outros, pois aquele ali fica no escritório até tarde. E só aí é que vai tomar o aperitivo. Com todo mundo já morrendo de fome. E então comem tanto, até estragar o jantar: aquele monte de queijo, aquele monte de pão. Não sei como alguém tem coragem de encher a barriga com aquilo, aquele queijo do ranho azulado, tendo tanta coisa fina na mesa. O queijo pode ficar fora da geladeira, que é para ir amolecendo; e o pão, na hora dar uma esquentadinha no forno. Mas sem deixar ressecar. Porque o doutor Andrea não gosta, se fica muito torrado. E é bom explicar tudo direitinho para a Rosana que ela não deve de ter costume com nada dessas coisas.

Doure a cebola na manteiga, junte os camarões e os champignons, refogue bem.

O refogado já vou picar em duas panelas, que é para começar o arroz. Em três. Porque vou fazer um panelão de arroz branco e já vou cozinhar aquele arroz preto, para deixar esfriar e pôr na geladeira antes de temperar com a salada. Isso também eu vou deixar pronto porque aquela ali não vai saber fazer. E no arroz branco vou usar um pouco de alho porque o Tim adora. Sem carregar muito no sal, que é por causa do doutor Pedro e o molho do camarão já é muito temperado.

Venina ralou três cebolas sem chorar e descascou dois dentes de alho que impregnaram os seus dedos de uma oleosidade grossa. E aí começou a saltear os temperos e a refogar o arroz e os camarões. A chiadeira das panelas fez que ela só notasse o doutor Andrea quando ele abriu a geladeira para pegar água. Mas a entrada dele na cozinha até hoje impunha uma solenidade e um respeito sem iguais, algo que Venina só experimentava na igreja. E ela ficou de costas, quieta, compenetrada no que estava fazendo.

— O cheiro está bom.

O doutor Andrea quase nunca falava quando entrava na cozinha. E Venina não tinha costume de dizer mais que um "bom dia, doutor Andrea", "pois não, doutor Andrea". Mas, mesmo sem ver, sabia que ele estava cortando uma fatia do bolo que ela sempre fazia para tomar com café. Ficou agradecida que a massa houvesse assado tão bem e que ainda estivesse fresca, do jeito que ele gosta.

— O senhor quer que eu passe um cafezinho? Não me custa nada...

— Não é preciso, obrigado.

E ela ouviu de costas o patrão abrir o armarinho, pegar um prato de sobremesa, abrir a gaveta e pegar o talher e sair para a sala. Ela sabia que agora ele ficaria ali, lendo os jornais e, mesmo com a porta fechada, tentaria fazer o mínimo de barulho, porque Venina sabia que uma maneira de servir bem o patrão era fazer as coisas como se não existisse, como se ela não estivesse ali, atrapalhando o sossego dele na leitura ou na música que ele escolhia para ouvir. Percebia até um certo pudor do patrão em ouvir música enquanto ela trabalhava, como se o trabalho dela maculasse de alguma forma aquele lazer, tornando-o menor, menos puro. E então percebia que ele preferia estar sozinho e arrumava sempre algo para fazer lá na lavanderia, bem longe, uma maneira de submissão à atmosfera solene que a presença do doutor Andrea representava. Ouviu novamente os passos dele em direção à cozinha, o prato colocado em cima da mesa. Mas não se virou e continuou fazendo o que fazia.

— Nunca comi na Itália um camarão como esse, Venina.

O ALTO DO EDIFÍCIO

O céu estava azul como que pintado a guache. A abóbada perfeita coroava a consciência de Laura com ordem e aspiração. Tomava o seu expresso. Aquilo era o que mais fazia Laura lembrar da avó: o ritual de tomar um café.

O café servido na casa de Ana merecia estar entre as maravilhas do mundo. A avó de Laura descendia de fazendeiros de café. O pai de Ana havia sido um grande proprietário de terras no interior de São Paulo e a vida toda produzira café para exportação. Era um mundo do qual Laura simplesmente ouvira falar. O que a havia marcado mesmo — e profundamente — eram as viagens de férias que fazia com a avó, em julho, quando visitavam uma propriedade menor da família, em São Lourenço — e o hotel no qual se hospedavam, em Poços de Caldas. Era naquela pequena fazenda que Ana manteve, enquanto pode, alguns caprichos (uma pequena produção de leite e uma ainda menor destilaria para o envelhecimento de pinga em tonéis de carvalho); e de onde colhiam anualmente algo como 20 sacas de café beneficiado da mais alta qualidade. Uma pequena jóia que Ana herdara do pai, em que ele havia experimentado todas as suas sofisticadas — e caras — convicções acerca do melhor procedimento no cultivo do grão e no preparo de duas deliciosas bebidas nacionais — café e pinga. Ali era cultivado um café originário do Iêmen que ficou conhecido como Arábica, e também uma sub-espécie menor, de frutos amarelos, chamada Catuaí. Na grande propriedade de São Paulo a lavoura era de café Robusta, de pior qualidade. Eram as exigências do clima. O café produzido em terras mais altas maturava lentamente e de maneira, por assim dizer, mais homogênea do que aquele do cerrado — o que contribuía para uma seleção mais uniforme de grãos. Pois o café é uma planta de três floradas e a colheita ideal, segundo o seu bisavô, seria também aquela feita em etapas, três vezes ao ano, para que fossem apanhados exclusivamente os frutos maduros. As colhedoras orientadas por ele observavam ainda o cuidado de estender um pano no chão para que os grãos colhidos não se confundissem com os já caídos, numa prática tão trabalhosa quanto dispendiosa. O café em coco era levado, então, para o terreiro, onde secava em telas elevadas a dois palmos do chão. Por fim, vinha o beneficiamento e a etapa decisiva — a torrefação dos grãos crus, cujo ponto ideal era quando alcançavam uma coloração, por assim dizer, achocolatada. Pois só um café de pior qualidade torra-se excessivamente, que é para mascarar a heterogeneidade de seus grãos. O resultado disto tudo fazia com que a bebida preparada na casa de Ana fosse radicalmente distinta daquilo que se costuma apresentar no Brasil como um bom café — ao menos ao bom apreciador.

Porém, isso agora fazia parte do passado. A fazenda de São Lourenço havia sido vendida. Laura engole em seco e sente um leve calafrio. Na verdade, as terras foram diminuindo à medida que seu avô se encrencava nos negócios. Parte a parte, a área produtiva precisou ser alienada até que sobraram não mais que cinco alqueires, onde estava a casa, o escritório, a cocheira, o terreiro, o paiol, uma horta e um pomar. E isso era tudo. Mas o suficiente para enternecê-la, pois aquele era exatamente o cenário que estava na lembrança de Laura como a fazenda da avó. E Ana conseguira manter aquilo até o fim, com um único casal de empregados, que cuidava de tudo, inclusive de um alambique de pinga popular. Produziu o bastante para que entradas e despesas permanecessem umas pelas outras. Quando sua avó morreu, tudo esteve por um fio. Mas Andrea, num arroubo de generosidade, comprou a pequena propriedade para ajudar o sogro, que se recolocava então na vida de viúvo.

A fazenda maior, no interior de São Paulo, havia ficado com a única irmã de sua avó — Antonia. Laura lembrava claramente das poucas vezes em que, ainda bem pequena, acompanhara a avó na visita que fazia à irmã. Viajavam de trem para o interior, hospedavam-se num casarão de fazenda antigo e judiado — com móveis, estofados, tapeçarias, tudo impregnado por uma fina camada de terra vermelha —, passavam lá poucos dias e voltavam. Iam juntas visitar a tia. Lembrava das duas senhoras conversando ao longo de uma tarde que parecia nunca acabar; de tomarem uma laranjada adocicada e comerem bolo branco; das moscas voando pela casa mantida sempre a janelas fechadas; de uma luz arroxeada entrando pelas bandeiras das portas anunciando a quaresma; e de ter aprendido então a ficar quieta para ouvir o que os adultos diziam — pois em geral eram coisas reveladoras sobre as pessoas da família.

O destino daquelas duas mulheres fora decidido no sucesso ou no fracasso de seus casamentos. Sua tia-avó era esposa de usineiro; teve cinco filhos e uma única filha, a mãe de Gabriel — Gania, como era chamado. Laura pensa no primo que seguramente iria encontrar, hoje à noite, na casa de seu pai. *Eusébeia*. Ela pousou os olhos no horizonte e viu longínquas as faces rosadas do céu. Com Andrea, Laura aprendera a apreciar um bom expresso. Sentiu vontade de chorar. A redoma anil estava ornada de uma barra de algodão e nuvens se espraiavam mansinho nos confins do mundo como espuma de uma rebentação. Dentro dela, morria uma ilusão depois de outra — uma mulher abandonava a lavoura e o cultivo da terra, abandonava a serra junto ao leito de um rio —, mas outras miragens já se levantam no horizonte de Laura. Hei de terminar minha pesquisa. Serei uma tradutora respeitada. E um dia, quem sabe, uma escritora renomada. Conseguirei eu mesma as libras esterlinas com juros e correção monetária. Comprarei para mim, então, uma casa de onde ao acordar, abra a janela e veja o mar. Olhou para o céu. A vaidade de Laura estampou-lhe no intelecto uma longa citação da qual se lembrava vagamente. *Fixed though they seemed at their posts, at rest in perfect unanimity, nothing could be fresher, freer, more sensitive superficially than the snow-white or gold-kindled surface; to change, to go, to dismantle the solemn assemblage was immediately possible; and in spite of the grave fixity, the accumulated robustness and solidity, now they struck light to earth, now darkness.* Deprimiu-se por um instante diante da falta de memória, da própria ignorância, dos impasses com a tradução, e por escolher o caminho mais difícil. No horizonte, contas leitosas debulhavam-se em meio a camafeus. Pedras pesavam dentro dela e blocos de mármore gravado desfilaram para Laura reviver uma grande contenda. *Nascida da própria cabeça de Zeus Pai, a de olhos glaucos terrível estrondante infatigável guerreira soberana Athena, a quem apraz fragor combate e batalha.* Estou sem pai, nem mãe. Aspirações descoladas da base da vida. Sou responsável pelo modo como vivo. Chumaços madrepérola progrediam lentamente em contínuos volteios. De um lado, a carruagem de Hélio. Uma divindade de cabelos ardentes. Novas configurações: tubérculos e frutos de uma natureza morta, ora fogem como animais miúdos, ora como mulheres raptadas. De outro, a de Selene. E o céu azul como um almirante. Alto-estratos, alto-cúmulos, estrato-cúmulos. Tudo fazia soar em Laura o senso de dever, a idéia de que sua conduta seguia um imperativo mais alto, e que este subjugava a sua vontade. Tem de ser assim. Tem de ser assim. Tem de ser assim. Um minúsculo banquete nupcial: homens empatam em batalha contra centauros bêbados de vinho. Estratos cinzentos esgazeados, cúmulos baixos e dourados em procissão. Um novo *peplos* será levado para cobrir a deusa virgem. A cidade leva o meu nome. E como tudo aquilo havia se fixado no fundo de sua solidão. Horas seguidas numa única sala de museu, enquanto sua mãe participava de um congresso. Um jovem arruma seu manto e prepara-se para a cavalgada. Outro fecha sua sandália antes de montar. Um homem segura a crina de seu cavalo e um animal arisco é controlado por outros dois. Ao lado, o cavalo de um deles assiste a cena impassível. Cavaleiros em renques. E carruagens. Magistrados, heróis e DEUSES e heróis, magistrados. Meninas carregam a parafernália para libações. Os animais serão conduzidos ao sacrifício. No alto do céu, duas alas de cirros prateados fazem alas para que os deuses exibam suas proezas. Da carruagem de Anfitrite, Poseidon finca o tridente na rocha e faz brotar uma fonte de água límpida. Athena oferece a oliveira cultivada e é declarada vencedora. A tarde cai e pela esquerda da abóbada estão os preâmbulos da noite. O universo sugere uma concha acústica a aguardar o início do concerto. Agora que escureceu, brilha solitária a estrela da tarde. Laura experimenta uma súbita emoção. Tem de ser assim. Laura afasta o coração desta constatação gelada. Lembra do pai assobiando a música de *Amarcord*. Sublime. Meu pai é um fã de Nino Rota. Cantarola para si mesma, mas o som produzido está muito aquém do prometido. Olha para a redoma escurecida. Por ora os alto-cúmulos fenecem ao último raio de sol. Um cogumelo gigante se abre: da cópula da terra e do céu nascerá um oceano. Não é o fim, mas o começo do mundo. A existência seria o destino de cada um brotar no centro de si mesmo e expandir, expandir até sumir nos confins? Encaminhar-se continuamente ao anel do horizonte e lá desaparecer? Confundir-se no vórtice, remoinho que leva as coisas do anelo ao seu fundo, sorvedouro. A vida? Ora remanso, enseada tranqüila, ora despenhadeiro. Itaimbé: abismo, abisso, barroca, grotão, pélago, pirambeira, profundura, quebrada, vão. Laura decide tomar um último café. Garçom! Um hino, por favor.

Deitada em sua cama, depois do banho, Sonia lembra do quarto de sua mãe. De lá havia descoberto as vísceras domésticas, numa das vezes em que tivera de faltar à aula. Vi que ao lado da minha rotina modorrenta no grupo escolar, uma outra vida tinha lugar, cuja condição era justamente a ausência de crianças em casa. Minha mãe em sua cama de casal. Eu ao lado dela. Uma de nós — ou ambas — estava doente. E por isso a veneziana fora aberta somente na diagonal; e em pleno dia, uma escolta feita por dois *spots* de parede lançava um alarme de luz na extraordinária situação. Era dali então que ela regia a casa. Encostada nos travesseiros, com as mãos enervando seus pequenos trabalhos de crochê, minha mãe comandava alguma outra mulher, que transmitia a ordem a alguém, que mandava em alguma menina que estava lá só para ajudar, e assim por diante, até que umas aprendessem com as outras, e a ordem se instalasse finalmente no mundo. A presença de minha mãe incutia no ambiente vontade de se organizar — era uma modeladora de caracteres propensos à ação —, pois se dirigia às pessoas com a determinação de quem pode fazê-las acordar e perceber o rumo a seguir. A voz de minha mãe evocava o que tinha de ser e seria. O seu tom e a atmosfera que impunha eram causadores de movimentos e destinos. Suas palavras desvendavam realidades. E, com este talento, uma corte de guiadas se fundava, uma ordem de devotas, admiradoras e protegidas. Assim soube que um lar se faz por alguém de visão no comando. E que o mundo é uma espécie de grande lar, ou o lar uma espécie de pequeno mundo. Mas que há de estar alguém no controle de tudo. Alguém como Ana. Que lhe incuta esta ordem encantadora em que as coisas estão perfeitamente combinadas umas às outras, e que cada uma serve a um certo fim. E tudo assim maravilhosamente concatenado. Tudo organizado. Tudo. Tanto as coisas da natureza, de que precisamos tanto, nós organismos sofisticados vivendo sobre esta gigantesca massa de rochas, de magmas e de minerais. Como tudo o que cultivamos — as lavouras e as criações —, e tudo o que produzimos. Sonia lembrou de conversas que gostava de ouvir quando criança. De seu pai sempre com palavras de admiração para a engenhosidade e a industriosidade do homem. E quando ouvia suas palavras, Sonia via Gepetos, velhos carpinteiros em suas bancadas de trabalho, com suas ferramentas, muito habilidosos na arte de trabalhar a madeira. Pensava em trenas, em prumos, em pedreiros que levantavam paredes e sabiam fazer lajes de concreto, que assentavam azulejos com perfeição. A engenhosidade dos homens, para Sonia, estava todinha inscrita na régua de cálculo que Andrea usava, quando se conheceram. Naquele incrível objeto em que uma lingüeta delicada desliza combinando lado a lado diversas tabelas de números minúsculos. Nas folhas quadriculadas, nos algarismos arábicos anotados a lápis. E na borracha, para apagar os seus muitos erros. Era de lá que saíam, então, os números para as fundações, as quantidades que compunham as estruturas, que definiam os desenhos, as plantas baixas e os cortes. Era a engenhosidade que estruturava e organizava tudo num imenso complexo de meios encadeados a fins. Tão simples quanto isso. Tudo organizado. E o universo há de ser simplesmente o grande organismo de todos os organismos e de todos os mecanismos que nós, seres humanos, lhe impingimos. Uma espécie de imenso animal. Pensou solenemente e declarou: e a alma deste mundo animal é o que se costuma chamar de Deus. Sonia tem um sobressalto. Não. Não. Lembra de Cosme, o pancinha. Por sorte o mundo não é um bicho. E é bom que não seja mesmo. Vê na imaginação o cãozinho que corre para ela, que pula em seu colo, que vira de barriga para cima esperando que lhe façam um carinho, e que fica ali, numa espécie de êxtase passageiro até que algo — um passarinho beliscando sua tigela de ração — o arranca de lá num salto brusco, e o põe a correr. As disparadas em voltas alucinadas pela sala, em túneis por detrás dos móveis, engrouvinhando os tapetes no assoalho encerado. E os pulos para cima dos sofás. Não. O mundo não é o tipo de coisa que se põe a correr ou a sacolejar de uma hora para outra, só por que lhe dá na telha. Graças a Deus. O universo não se vê tentado, do nada, a desrespeitar as leis que governam todas as coisas. Como nós, animais humanos com nossos corpos carentes e nossas almas cheias de ansiedades, angústias e frustrações. Se Deus for a alma do mundo, será contudo algo bem diferente da alma e mente humana, *em que as idéias se arranjam em uma certa ordem mas imediatamente dão lugar a outro e a outro arranjo, e novas opiniões, novas afecções, novas percepções que surgem, diversificam a cena mental e produzem nela a maior variedade e a mais rápida sucessão imaginável.* O mundo é um artefato perfeitamente ajustado, em que a mesma causa produz sempre o mesmo efeito. Sem surpresas, sem mudanças de ânimo. E Deus é o sábio inventor do universo. Sonia olhou para o próprio quarto. Contudo, a minha casa sempre a reencontro ligeiramente alheia, alienada, a dizer-me "e então? pensou que eu estivesse cativa? pois não estou... eis aqui as marcas de minha insubordinação", como algo em que a desordem está pronta a imperar. Uma espécie de cerco querendo ocupar tudo. E por isso Sonia era uma mulher pragmática, que preferia considerar a vida doméstica de um ponto de vista prático e não sentimental. E seus expedientes básicos com a casa consistiam freqüentemente em jogar coisas fora e substituir os equipamentos que não funcionam. Cercar-se apenas do que tinha utilidade, esta era a bússola de Sonia para manter-se a prumo naquele grande mecanismo tão trabalhoso. Naquela bomba-relógio chamada lar. Queria ter feito outra coisa da minha vida. Ter escrito algo que ao ser lido fizesse do leitor alguém melhor. Melhor? Eu? A menos que se entenda por melhor o caminho pelo qual as coisas tendem a ser, não o que deveriam ser. Se eu mesma nem fui capaz, naquela hora, de telefonar para minha mãe. Mesmo sabendo de sua enorme inquietação. E como, naquela idade, eu ainda não era capaz de deixar as pequenas implicâncias de lado e perceber que se tratava de algo maior? Essa minha aflição! Ser, ser, embora sustentada apenas no instante e todo esse tempo insuportável diante de mim. Vivo às bordas de meu próprio precipício. E nada disso se vê, pois minha exterioridade é não reveladora de maremotos. O desconforto é substituido por uma reflexão. Se Deus é o grande arquiteto do universo, não parece contudo estar ocupado com as coisas que acontecem nele, não parece preocupado em evitar que o mal ganhe terreno. Pois bastaria que ele quisesse, bastariam atos seus particulares de escolha para pôr fim a toda sorte de vícios — arrogância, egoísmo, violência —, e remediar todos os erros humanos, ou ao menos colocá-los a serviço do bem. E se Deus tomasse conta de nós como um pai indulgente também nos teria dotado de um estoque melhor e maior de capacidades. Fosse eu própria capaz de um pouco mais de compaixão, teria estado ao lado de minha mãe em seus momentos finais de angústia. Um clássico remorso filial paralisou Sonia e esterilizou as lembranças que não desejava ter. Sonia decide fazer as mãos. Procura a insólita *nécéssaire* — mais um dos presentes de Laura. Eis a caixa levemente turquesa. Resgatou-me do complexo pelo formato de minhas unhas. Silêncio.

the handbook — home manicure for women and men
philosophy: handle me with care
net wt. 2 oz. — 56.7 g — net wt. 0.5 oz. — 14.2 g
manufactured by biomedic r phoenix, az 85034 c 1994 7060 0670 k9
1-800-568-3151
how would you like to find:
a polish that shines like the sun
...that would never chip
...is actually good for you
...would go with everything
little did you know, that polish has been in your hands all along.

in fact, the handbook by philosophy will teach you how to shape and groom your nails to give you the healthiest and shiniest nails ever without so much as a drop of manmade, synthetic polish
remove all old polish
rinse and dry hands
remove rough cuticles.
the philosophy pumice stick will safely remove excess cuticle.
begin by dipping tapered end into warm water or cuticle remover.
place the thin edge of the pumice stick against grown out cuticle. using small circular motions, gently wipe away excess cuticle.
do not push or bare down on the nail bed during this procedure. never cut or trim cuticles.

Sonia sentia-se imensamente melhor com as mãos bem tratadas. O ânimo renovado fez pensar na mãe sem qualquer sentimento de dívida. Ergue-se disposta a tomar as rédeas da situação. Escuta Venina lhe chamando. — Dona Sonia, já estou indo. A senhora tem certeza que não quer que eu mais a Rosana ponha a mesa? E foi até a porta para responder melhor. — Não é preciso, obrigada. Estou pronta e cuido disso eu mesma. A empregada olhou de relance para a mesa de jantar.

Que Deus dê muita saúde para o doutor Andrea e para essa família!

CAPÍTULO 6

O simpósio

Laura sai da livraria satisfeita e decide tomar um ônibus até a casa de seus pais. Agora deu sinal para descer. Horários ajustados a compromissos aumentam sua alegria. Percebe que está pensando bem. O tacão de seu salto bate alto contra a calçada, com ânimo. Atravessa a avenida com convicção. Os três meninos confiam na lavagem dos vidros para uns trocados. Automóveis. Pessoas de um lado e outro nas calçadas. Laura vê um índio com seu corpo encerado vindo, vindo. E o dela indo, indo. Desvia o olhar para baixo, vê os pés ocupados. Vamos nos cruzar. O coração bate, foi só um instante. E passou. O piso mal feito pede atenção. Frentistas desocupados observam as passantes. Pensa no que encontrará, e uma cortina se fecha numa retina depois da outra. O seu bem-estar esfria e pára num ponto morto. Esta é uma esquina perigosa, porque os carros contra mim podem entrar à esquerda. Laura aperta o passo, sente o joelho reclamar. Da praça, alguém cuida. A terra carpida mas esturricada jaz plantada em alinho. Laura olha para cima e vê retalhos de marinho, véus, e uma névoa gelo de gemas alaranjadas. O declive faz aumentar sua coragem. O marcador de rua mostra 20:22 e ela demora os olhos nele, querendo saber mais. Mas o mecanismo não responde e Laura se volta para diante. Muitos sentimentos misturados resultam em nenhum sentimento. E é assim que eu me sinto. Um cachorro de carroceiro passa com o rabo entre as pernas. Um carro é manobrado na calçada e ela pensa em um rei. Andrea.

Os sentimentos podem ser fingidos. Laura sente algo desagradável no corpo. Lembra que Mario a olhará de uma maneira que não é capaz de prever. Consulta o ânimo cinzento e, de fato, não tem a mais vaga idéia do que irá acontecer. Laura pensa no telefonema difícil: palavras rascando-se umas às outras, a surpresa da própria voz no silêncio, o tom imprevisível de um estado de espírito que era o seu, e que deverá sustentá-lo. Mas sente-se cansada de tudo isso e escolhe pensar no reencontro com o pai — e tenta ligar-se a ele. Uma forma decerto paradoxal de convívio, aquela que aprendi com meu pai: amor que se expressa como preguiça. E poucas coisas, no entanto, me fazem tão bem como encontrá-lo. Aquilo que fica de um homem é o que nos leva a pensar em seu nome. São atos e obras que fazem desse nome um signo de admiração, de ódio, de indiferença. Ou de mal-entendido. Tenta pensar no pai com admiração. Laura vê o relógio marcando 20:25.

Laura e Mario chegam coincidentemente juntos ao jantar. Laura estava diante do portão eletrônico. O porteiro novo não a havia reconhecido e por isso checava pelo interfone se podia mandá-la subir. Nisso, alguém desce de um táxi e se encaminha para ela. É Mario. Trocam um beijo rápido, duas palavras. Laura sente o cheiro da camisa social de casimira, que ele veste desde a manhã, os punhos arregaçados, o colarinho solto e a gravata folgada. E subitamente vê-se orgulhosa pelo marido executivo, sempre no aeroporto, por seu terno bem cortado, a pasta de couro italiana — velha e sofisticada. É um homem lindo, e num transe percebe-se deselegante ao lado dele. Mario tem os braços ligeiramente bronzeados e na face há algo de ardente, urbano. Vê por detrás da camisa os ombros, o pescoço rijo e bem torneado descoberto. Laura lembra das axilas do marido quando ele sai do mar. Os pêlos longos e opacos, o ardor do sal pinicando seus lábios. Os músculos das omoplatas douradas e bem desenhadas parecem trançados por uma deusa como uma rosca de pão doce, feita para uma primeira comunhão. Beija instintivamente Mario atrás da orelha e se aconchega. Uma atmosfera de paz instala-se entre os dois, que sobem abraçados pelo elevador, onde ele como sempre a encosta no canto e a espreme ligeiramente com seu corpo, com seu beijo. Como sempre. E aquele gesto repetido parece assegurá-la que está tudo bem, que continuam juntos, e vaciná-la mais uma vez contra a vida assexuada dentro da própria família. Quando entram na sala, ela revê o pai, o irmão e o primo com altivez.

Laura dirige-se para Andrea com ânimo benevolente, ansiosa para expressar sua disposição favorável e o amor que sente por ele, e a falta que faz para ela a alegria de estarem juntos. A célula mínima de civilização para Laura são duas pessoas conversando com intimidade, inteligência e amor. Por exemplo, ela e Andrea. Entrega-lhe o pacote que tem nas mãos de forma esfuziante. Uma volta de cumprimentos, e outra — a de Mario, logo atrás. Uma momentânea agitação se amaina, e os que chegaram sentam, lado a lado, num sofá. Laura procura a mão de Mario, sempre mais quente do que a sua. Num único giro, o olhar revisita o ambiente familiar. De dia, a luz da sala irradiava a levíssima camada que esmaece o colorido dos estofados, e o aroma tradicional de cera do mobiliário sóbrio, impecavelmente limpo, com seus dentes de prata e de porcelana. Mas agora Laura sente o cheiro de um cinzeiro com bitucas de cigarro. Aquela ossatura de sofás, poltronas com suas almofadas e cadeirinhas ela conhece bem. De noite, contudo, a sala com seus quadros na parede era invadida por uma treva que fazia de tudo aquilo uma espécie de mausoléu. E o ambiente falava a Laura então das várias formas de morte em sua vida: antepassados que nem mesmo conheceu mas que jazem em seus porta-retratos, recordações em objetos inúteis que ostentam o seu valor e continuam ali, envelhecendo junto com a memória de seu dono. Mas hoje, as lâmpadas acesas em diversos tons eram como gemadas de maior ou menor vigor e esperança, reunindo as pessoas em celebração. A maravilha de Halicarnasso. Laura procurou conter o ânimo e deter os próprios exageros. E foi só então que começou a discriminar a conversa.

— Fiz uma seleção de jazz e de bossa nova... E alguns *bonus* com sentido especial para nós dois, só isso.

Andrea comentava que Sonia havia gravado uma trilha com todas as músicas que gostaria de ouvir naquela noite. Laura sorri e pressente o cheiro da ansiedade materna por controle e perfeição, ainda que a história soasse a todos como simpática e amorosa. Laura quieta, não tem nada a dizer. A campainha. Mas a porta está entreaberta e seu tio Nicolas avança, com uma garrafa na mão, acompanhado por Tereza, a segunda mulher. Ele dirige-se para Andrea e os dois batem-se nos ombros cordialmente. Tereza aguarda. É uma morena exuberante, de lábios carnudos, cabelos lisos e longos, com um colo convidativo, morno, e generoso, de onde parece receder um aroma de flores noturnas e silvestres. Desde que se casou com Nicolas, há quase dois anos, deixou o emprego e ocupa agora o tempo com curso de yoga, aulas de francês, pilates. Tereza é de longe a mais bonita da sala e sua entrada tem um quê de triunfal. Mas momentâneo. Pois ela sempre sente-se julgada ali, e desmerecida. E talvez, justamente por isso, todas se cumprimentem com excessiva ternura e afetação.

— Andrea querido, abra o pacote que você tem nas mãos.

Era a *História Geral da Arte no Brasil* — de Walter Zanini — volumes 1 e 2. Aquilo era típico de Laura: o pai vivia no Brasil há mais de cinqüenta anos, e a filha ainda insistia em aperfeiçoá-lo em algum quesito da cultura nacional. Mas agora abraçavam-se com carinho diante de todos e permaneceram assim por algum tempo.

O murmurinho recomeça. Martim levanta-se para aumentar o som e volta para a roda. Comenta com o primo ao lado que o compositor cometeria suicídio se visse sua música ao fundo, criando clima, para que as pessoas sintam-se à vontade e falem mal umas das outras. O tom pouco acolhedor faz Gania pensar. É o espírito de porco da família. E puxa um assunto totalmente diferente.

— E o que você me diz do São Paulo?

— Jogou mal contra o Atlético... E o Telê não fez uma alteração no segundo tempo, jogou com o time todo atrás. E nas poucas oportunidades, desperdiçou o gol. Aquela bola na trave. E o pênalti que o juiz não deu. Todo mundo muito marcado... E assisti também o videoteipe do jogo do Palmeiras. O Rivaldo está jogando um bolão. Incrível. Cada jogada linda.

Mario comenta com o sogro a entrevista de Ennio Morricone para o jornal do dia.

— Que homem curioso! Acorda às 5h30, corre 5,5 km e faz ginástica em seu apartamento na Piazza Venezia, em Roma. Tocará em São Paulo com um coro de noventa vozes e uma orquestra de quase cem músicos.

Andrea faz um elogio à crítica que leu, de alguém cujo nome não se lembra.

— É incrível como acompanhar comentários inteligentes sobre um espetáculo faz a gente ter vontade de conferir o que se diz ali sobre o artista. Li e quis muito ir ao concerto, mas soube que os ingressos já estão esgotados. Conheço bem e gosto muito do trabalho de Morricone. É um homem de poucas palavras e altamente exigente, uma atitude perfeitamente à altura de sua obra. Parece que programou as apresentações no Brasil para reger somente o que gosta, independente dos apelos do público que, como sempre, estará lá apenas para ouvir os sucessos consagrados.

Um garçom entra com uma bandeja de antepastos. Silêncio.

Gania levanta para servir-se de bebida. Laura o observa e uma voz surpreende a todos.

— Não vi esse tal de Maricone, mas li a coluna impagável de Carlos Heitor Cony. Hoje dizia que o machismo está fora de moda. Bela nova! Na verdade, ele se serviu das palavras de um filósofo — como era mesmo o nome?..... sim: um senhor chamado Schopenhauer — alusivas à natureza feminina. Santo Deus! As barbaridades que estavam ali. Eram boas verdades, mas soam hoje como grandes impropérios.

Pedro passava boa parte das manhãs lendo os jornais e, nisso, era o mais bem informado da família. Ele se levantava cedo, praticava algumas flexões do programa de condicionamento físico da RFC, que seguia religiosamente desde a década de 50, e só então tomava banho. Com o avançar da idade, a família foi reservando para ele um papel de mera figuração. Contudo, Pedro estava excepcionalmente lúcido para os seus bem mais de oitenta anos e eram os outros que se habituaram a responder a ele apenas por gentileza. Mas agora sua observação caía no vazio. Ninguém havia lido o articulista naquele dia.

Laura segue Gania e, quando estão lado a lado, reconectam-se com facilidade. Ele come uma azeitona.

— Laurinha, quanto tempo. Andou sumida...

— Gania, que saudades!

Laura abraça o primo muito à vontade, para dizer olhando só para ele:

— Andei mesmo fora de circulação, você sabe... Penso que o mundo não tem obrigação de agüentar a fúria da gente e os nossos surtos de ressentimento. Mas é sempre uma alegria reencontrar meu pai, especialmente em sua festa de setenta e cinco anos.

— Muito bem, garota. Vejo que está amadurecendo. Isso mesmo: deixe para lá os aborrecimentos, hoje é um dia a se comemorar. Que tal um drinquezinho para relaxar? O que você toma?

O garçom passa com uma bandeja, servindo Prosecco. Laura pega uma taça. Nisso Mario aparece, troca algumas palavras com Gania, servindo-se de gelo. Laura se afasta. Cada um volta para o lugar que ocupava na antiga ordem, mas agora tudo está em vias de se transformar. E dois grupos fazem força em movimentos de separação. Laura era levada para um lado, mas mantinha-se ligada e muito mais atenta ao que se conversava no outro, pois os assuntos ali pareciam-lhe bem mais interessantes. A sensação se desfaz. Lili entra com um vaso de flores, que deposita no canto da sala. Todos se cumprimentam de maneira efusiva, e Laura abraça e beija a irmã de maneira particularmente carinhosa. Lili tem um dos cheiros mais familiares do mundo e Laura prende a mão dela, impedindo por um momento que ela se afaste. As mulheres estão conversando sobre algo banal — engordar e emagrecer. O fato é que, com sua presença, Tereza impõe uma atmosfera de falsa intimidade. Nisso, chega Lia. Nova sessão de beijinhos. Alguém elogia o vestido de alguém, mas o comentário soa um tanto protocolar. De uma poltrona estratégica, Pedro observa aquela cena, não sem algum arrebatamento provocado sempre diante de mulheres jovens e sensuais. Sua face está esquecida do que a mente — estarrecida! — lera hoje pela manhã.

Os homens entre si são naturalmente indiferentes. As mulheres são, por índole, inimigas. Isso provém da rivalidade que, no homem, só se destina aos da mesma profissão. Nas mulheres, todas elas são rivais umas das outras, pois todas têm a mesma profissão e buscam o mesmo fim.

Laura observa Lia. A prima havia desenvolvido uma retórica que lhe parecia grosseira: contar aos outros os acontecimentos de sua vida de forma a ressaltar-lhes as vantagens. Mas ela própria era a única a acreditar em seu êxito de provocar inveja. Lia tinha uma voz firme e cortante. E tudo quanto dizia se contornava com precisão geométrica. O mundo de Lia esquadrinhava-se aos olhos dos outros pela luz empolgada de um sucesso presumido. Como se tudo conspirasse para confirmar o destino dela como o mais afortunado. Articulava as palavras de maneira que as consoantes pronunciadas por sua língua adestrada pareciam seguidas de discretos aplausos a ecoar em um palato cívico. Laura imaginava a boca aberta de Lia, imensa, à sua frente: a crista da rafe, o véu palatino, as saliências do músculo bucinador, a úvula a ulular, a comissura labial, papilas de toda sorte — raladas, fungiformes, filiformes, caliciformes — a fosseta de Rosenmüller, o orifício da trompa de Eustáquio, e a fosseta amigdaliana a perder-se de vista. *Socorro! Socorro! Eu estou caindo.* A maneira de sua prima falar machucava Laura. Era um mal-estar em suas partes homogêneas: pequenas pontadas aleatórias pelo corpo. Laura percebia então que a pasta dura de que era feita compunha-se de filamentos elétricos que inventavam circuitos para aborrecê-la. Laura detestava a atmosfera edulcorada que a prima tentava forjar. E seu desprezo aquecido batia com força no sótão de si mesma de maneira a enrijecer sua afeição pelo mundo. E então Laura admitia ser capaz de experimentar algum prazer em ferir e fazer mal.

A natureza recusando-lhes a força, deu-lhes a astúcia para lhes proteger a fraqueza: de onde resultam-lhes a instintiva velhacaria e a invencível tendência à simulação do sexo feminino.

Sonia comenta que Venina hoje não havia podido ficar para servir o jantar. Laura vê na fisionomia da mãe sinais de fadiga e pensa na avó, que nunca deixava o cansaço transparecer simplesmente para não diminuir o prazer de seus convidados. Sonia levanta-se e vai até a cozinha. Lia a acompanha. A conversa entre as mulheres pula para o cinema, algum teatro e recai no último capítulo de uma certa novela, exibida pela televisão. Laura se levanta e procura pela sala um assunto melhor para conversar, quando Sonia já de volta avisa a todos que o jantar está servido.

O JANTAR

Sou a voz de Venina, a empregada desta casa. Venho pedir asilo nesta sentinela com poderes de guardar o mundo. Inspecionarei este jantar, se me for permitido, com os olhos de quem zela por um serviço impecável. *Dependerá dele que o ritmo da refeição seja assegurado com continuidade, sem precipitação, mas também sem lentidão e de forma a evitar-se qualquer interrupção intempestiva. Pois nada é mais prejudicial ao ambiente de uma recepção do que um serviço muito longo ou insuficiente. Quando os convidados penetrarem na sala de jantar através das portas abertas, as velas sobre a mesa estarão acesas. O garçom, que havia sumido para deixar os convivas à vontade, agora ajudará as senhoras a se sentarem. Elas serão servidas em primeiro lugar, a começar por Laura, que ocupa a direita do anfitrião, e todas as demais, em ordem de precedência, sendo Sonia — a dona da casa — aquela servida por último, mas antes dos senhores, para os quais se observa o mesmo protocolo. Deve-se servir apresentando os pratos pela esquerda e retirá-los pela direita. A salada é servida em pratos especiais. Sempre terá preferência a baixela de prata por uma dupla razão — estética e gastronômica —, pois conserva mais o calor das iguarias e por isso mesmo salvaguar-*

da-lhes a qualidade. Seria uma completa falta de gosto o garçom apresentar o que está para ser degustado à apreciação dos convidados — mesmo que seja uma obra-prima da culinária. Pois cada um poderá admirá-la quando lhe for oferecida para que se sirva. A escolha dos vinhos é em geral uma prerrogativa do dono da casa, que deve emprestar-lhe uma ciência sutil. O serviço do primeiro deles segue-se imediatamente àquele do primeiro prato, exceto no caso de ser a entrada uma sopa. O garçom o verterá pela direita de cada conviva, no copo correspondente a até dois terços de sua capacidade. Um outro vinho será servido com o prato seguinte, em um outro copo, sem que aquele usado anteriormente seja retirado. E deve-se estar atento para que seja servido a grado dos convidados, sem deixar de verificar a água nos copos grandes. Os queijos sucedem imediatamente aos salgados. O prato será substituído por outro menor, que traz garfo e faca com lâmina de aço. O uso dele não é muito difundido, embora seja oferecido por atenção à delicadeza. É ocioso relembrar que o serviço de tempos em tempos deve renovar a oferta de pão aos convidados. Por fim, produzir-se-á uma espécie de entreato bem curto, prelúdio de uma verdadeira mudança de decoro. A mesa será desembaraçada de tudo o que foi usado pelos serviços precedentes — exceto evidentemente da decoração de centro e dos copos, que serão mantidos alinhados e imóveis.

Que nos seja permitido recomendar um serviço de sobremesa particularmente refinado!

Agora estavam os onze à mesa. Andrea, na cabeceira, e Sonia à sua esquerda, como sempre. Ao lado dela Pedro, seguido do casal Tereza e Nicolas. Na outra ponta, sentava Martim. E todos os demais, do outro lado da mesa e na seguinte ordem: Lia, Gania, Olivia, Mario e Laura, de volta, à direita do pai. Um silêncio recobria com uma gaze de tensão os comensais. Sonia regia os trabalhos apenas com olhares e movimentos discretos. A entrada estava demorando a ser servida. Sem problemas. Cultivavam em família a informalidade para aplacar os temores do contato entre uns e outros.

Do nada, uma voz grasnante trincava a camada de gelo, prestes a se formar.

— Temos hoje algo raro a celebrar: os setenta e cinco anos de alguém que sabe e sempre soube viver...

— Gentileza sua, querida.

Lia tinha o porte de uma garça — esbelta embora deselegante, o nariz fino, pontudo, e a cervical ligeiramente projetada para frente, desenhando um falso pomo-de-adão. Exibia os dentes exageradamente brancos, como medalhas atribuídas a ela por seus genes. O seu comentário, por alguma razão, aludia a alguém que *não* soubera viver, como numa repreenda velada. Ela insistia.

— Que nada, meu tio. É a pura verdade. Os tempos mudaram e as pessoas andam tão perdidas! O fato é que ficamos sem argumentos diante da busca desenfreada por riqueza pessoal. É nisso que todos se empenham, ainda que por pura vaidade. Mas nunca estão satisfeitos com o que têm, querem sempre mais. Está evidente que é preciso algo, além de bens materiais, se o que queremos da vida é a felicidade. Alguma coisa de que carecemos, mas não podemos comandar e, no entanto, dependemos dela para sermos felizes. Mas o quê? Ninguém sabe e estamos no vale-tudo. Não se trata de algo que a ciência possa nos ajudar a obter. E nem todo o dinheiro do mundo parece que poderia comprar.

— Falta a garantia de que os outros estarão sempre um passo atrás.

Laura olhou para Gania com admiração. Ele era inteligente e espirituoso — seus comentários precisos e fulminantes continham sabedoria e informação —, mas não tinha paciência para elocubrações muito difusas e abstratas. E estava disposto a liquidar qualquer tentativa de transformar o jantar num martírio intelectual. Andrea fez que não o ouviu.

— Na minha idade — como em todas — busque simplesmente o prazer de viver.

Andrea falava por falar. Parecia de bem com a vida. Mario notou o bom humor do sogro e deduziu que o resgate de uma certa aplicação provavelmente rendera bem mais do que o esperado — além de genro, naquela família ele fazia as vezes de consultor financeiro. O cunhado decerto procurava algo para contrariar o pai. Como em um grande bastidor, contudo, um silêncio pulsante esticava-se entre todos e só era calado pelo tilintar miúdo de copos e talheres. A entrada estava servida — *champignons aux herbes de Provence* e salada de arroz selvagem. O garçom enchia as taças de vinho branco.

Laura nem via o irmão. Mas sentia uma espécie de correnteza prendendo em feixe as expectativas ao que ele iria dizer, uma tensão preparatória de uma fase de possível litígio. Percebia o isolamento de Martim e sua ânsia de libertação. *Por trás do seu agir e vagar estava uma curiosa interrogação, crescentemente perigosa: não é possível revirar todos os valores? Não é possível que o bem seja o mal?* Laura torcia para o irmão se curar daquilo e se reaproximar simplesmente da vida.

Sonia levantou o copo e puxou um brinde.

— À sua saúde, meu amor.

Beijou o marido e provocou uma onda mecânica de tintins em volta da mesa, que tremelicava como um pandeiro. Novo silêncio a remoer. O molho estava um tanto salgado e ela temeu pelo êxito do *menu*.

Martim lançou de volta ao mundo a pedra engasgada de há muito na garganta de Nicolas.

— Mas... *la donna è mobile* e o que agrada hoje pode desgostar amanhã. E por isso, não é nada simples buscar apenas o prazer de viver.

Andrea insistiu.

— O básico não muda: passar os dias com serenidade, sem descuidar das grandes nem das pequenas coisas. Dormir bem, ter alimento para o corpo e companhia para a alma. Manter o coração descansado e a consciência em paz. Dar ao corpo o que é bom, e ao espírito, o belo. A graça de viver está nisso.

Mario olhou para o sogro, que exibia um ar provocativo. Quem não o conhece, que o compre.

— Gozar a vida... Dar ao corpo o que é bom! Na minha idade, é forçoso admitir que o prazer nem sempre foi o melhor companheiro...

O aparte de Pedro veio com fumos de ironia. Todos saboreavam satisfeitos e confiantes no que teriam pela frente. E ele continuou.

— Veja o meu caso, Andrea. Em que situação me encontro? O médico proibiu-me um grande prazer — o charuto após o jantar. E estou agora no pior dos mundos: doente para fumar e com a boca em frangalhos. O charuto encheu de alegria os meus dias, de fato... Que aroma! Uma verdadeira inspiração! O bom charuto dilata nosso horizonte, põe generosidade na maneira como vemos a vida. Mas também nos seduz sempre para uma nova baforada... Foi um guia traiçoeiro, e quase me levou para a cova. Belo prazer!

Era um arrependido agora quem falava. Pedro estava proibido de fumar há mais de uma década e a lástima vinha sempre em forma moral.

— O melhor é criar bem cedo o hábito de fazer o que é certo, embora nem sempre agradável. E pagar por dia o preço da diária. Os hábitos é que ditam o destino da vida, embora a gente costume estar enganado no que se pôs a habituar.

— Caráter é *daimon*, vovô.

Laura concordava com Pedro. Praticava a frugalidade por ser algo libertador.

Mas o avô tinha a imaginação de um materialista excêntrico.
— A felicidade é como um gás, sua natureza é a de expandir-se, mais e mais, sempre. O ânimo do homem feliz carece de algo que o contenha e limite — sem o que ele se exalta e exalta, até a completa dissipação. Mas o continente, meu caro, são as coisas graves que nos pesam na consciência. É isto o que nos mantém com os pés bem firmes na terra: o medo da loucura, da solidão, o medo da dor e da morte.
Algo como um martelo bateu na mente de Sonia. *In the middle of my party, here's death.* O chão lhe fugia dos pés. *The death of the soul.* Ela observou o pai e o irmão. Afastou os olhos num sobressalto. Olhou para Laura. Insistiu. Mas no olhar da filha leu "as mães estragam o mundo". Sentiu-se cansada e procurou se afastar daquela zona psicológica. Lembrou do médico que lhe dissera: "o seu problema é ter de cuidar de uma criança até tão tarde na vida". Difícil. Essa criança só podia ser Laura. Tudo se revelava com uma ligeira distorção. Respirou e tomou do copo com água, disposta a ser admitida novamente na vida civil do jantar.
A voz de Andrea soou como um jorro de luz.
— Ilusões, meu sogro. Um prazer é sempre um prazer. O senhor mesmo reconhece que fumar sempre lhe deu a maior satisfação. O problema é que custa caro no futuro — a saúde. Mas isso não o torna pior. Se só o doente sabe como a saúde é boa, a culpa não é do charuto. O bem é apenas um prazer longínquo, rarefeito. A doença custa? Mas o preço é por demais impreciso — quase abstrato — quando se esbanja juventude. Saber viver depende só disto: aproveitar o presente com os olhos de amanhã. E para isso, é preciso de cálculo e coerência.
Todos aguardavam curiosos por uma nova rodada, quando Sonia arrematou, aliviada:

— A prudência é a mãe da felicidade.

Laura ligou o sistema de defesa que a protegia dos silogismos imperfeitos da mãe. O problema com Sonia é que seu intelecto havia se degenerado num cacoete de citações, num emplastro extravagante de influências e seus apartes tinham o ranço detestável de pequenas lições de vida. Mas desta vez, quem pontificou foi Laura.

— A vida feliz não é algo que alcançamos, se nos guiarmos apenas pela busca do agradável. Há nisso um erro de imaginação. Pense em crianças que se alinham para correr e disputar, no limite de suas capacidades, um prêmio único — a agradável sensação de ser o melhor. Algo fácil de imaginar. Pois bem, a vida é principalmente o que está acontecendo *fora* e *além* do jogo. As crianças, na maior parte do tempo, estão ocupadas com todo o resto: comer ou não, dormir ou não, e aprender tudo o que uma criança tem de saber — tomar banho, amarrar os sapatos, escovar os dentes, cortar as unhas, ir ao banheiro e entender-se lá com os seus processos digestivos. O mais freqüente, inclusive, é ver uma criança acostumada ao que não deveria fazer e a chorar para obter o que quer. Ora, tudo isso — que está de fora do jogo — é principalmente a vida. E sentir o agradável é um item esparso numa longa cadeia de condições, tornado em alguns momentos a motivação principal. O prazer não está no preenchimento de carências, mas na satisfação de fazer as coisas direito — inclusive quando abrimos mão do mero conforto, em nome de algo maior ou de mais valor.

O comentário de Laura evocava uma mágoa, mas caiu no vazio. O olhar de Tereza denunciava aquela conversa pedante.

Martim retomou.

— E a preleção sobre o prazer, Andrea, também é pouco gentil com as mulheres.

Olivia se antecipou, corrigindo o irmão.
— É pouco gentil com as pessoas, você quer dizer...
— Sim. As pessoas não são coisas que estão no mundo para nos dar prazer.

Todos ouviam relaxados e cheios de confiança nos camarões ao champagne, um prato tradicional — o predileto da casa — que Venina preparava divinamente bem. O vinho era um magnífico *Esporão*, safra de 1990. Perfeito: o garçom enchia os copos de água *Perrier*. Pedro pediu a ele uma pimenta malagueta.

— E não é por este critério — o quanto nos dão de prazer — que decidimos com quem vale a pena estar ou nos comparamos uns aos outros. Não é isso que orienta um relacionamento ou uma verdadeira amizade... Se é que amor e amizade contam para a felicidade, como você diz. As pessoas são únicas e não há matemática que ensine a nos entendermos com elas.

Andrea havia querido apenas ser leve e espirituoso. Mas percebia que suas palavras haviam sido tomadas pelo filho de maneira um tanto enviesada. O garçom ignorava o que estava sendo dito e servia a todos por igual. Andrea por um momento teve dúvidas se valia a pena continuar. Silêncio.

Olivia havia abandonado qualquer interesse pela conversa, que prometia ser chata, cacete. Estava distraída. Não posso esquecer de deixar a nota fiscal das flores e pedir que Sonia faça um depósito na minha conta, amanhã, sem falta. Olhou de relance as rosas, que estavam desmilingüidas. Não valem o que custaram. Sonia insistira para que fossem amarelas... Além de dar trabalho, vinha com exigências. Agora que está tão desenvolta, será melhor que encontre uma florista com serviço de entrega domiciliar. Naquela matéria, comentava-se que as flores vindas direto do fornecedor duram umas duas semanas a mais do que aquelas que o comprador consegue nas lojas. É preciso avisá-la para não dar o cheque ao garçom. O pagamento também deve ser feito por depósito na conta da empresa, que leva uma pequena taxa de administração.

As palavras de Sonia soaram convulsivas e pessoais.

— Concordo, Martim: cultivar o amor e a amizade nada tem a ver com o cálculo hedonista.

Andrea olhou para Sonia. O seu lábio superior estava um tanto violeta; faltava brilho nos olhos e a pele branca parecia uma folha de seda amarrotada; os cabelos, desanimados e tingidos de uma cor duvidosa. E aquela amargura... de onde vinha essa amargura?

— Será que não, Sonia? Não estamos juntos todo este tempo pelo prazer da convivência? O que há de tão ofensivo nisso?

A resposta parecia sincera. Mas foi ouvida por Tereza com uma pontinha de sarcasmo. Andrea chegara àquela idade convencido de que ele e Sonia amavam-se mais do que nunca. Haviam se modelado, por assim dizer, um ao outro naqueles anos todos — cedendo, de fato, às exigências do convívio, tolerando pequenos caprichos e, por fim, aprendendo com a diferença. De maneira que os sacrifícios haviam sido fartamente recompensados e o resultado era surpreendentemente harmonioso. Os dez anos que o separavam de Sonia — fonte de um certo descompasso no passado — ancoravam agora sua vida numa fase que, de outro modo, já estaria ultrapassada. E a verdade é que a mulher, com o passar do tempo, tornara-se uma pessoa mais fácil. Neste momento da vida, ele experimentava uma tranqüilidade revigorante.

O silêncio mais uma vez foi quebrado por Pedro.

— Isto me fez lembrar de uma boa, que escutei outro dia: o casamento é um fardo tão pesado que convém dividi-lo por três.

Sonia repetia para si mesma: *se tu fosses o meu bobo, pai-*

zinho, eu te dava uma surra. Não podias ter ficado velho antes de ficares sábio. Nada pode ser feito do nada. E é isso que vai render as terras que não tens mais! Paizinho, dê-me um ovo, que eu te dou duas coroas. Dividiste o teu juízo, e ficaste sem miolo algum. Nas horas em que supunha qualquer embaraço, o pai sempre se saía com alguma tirada infame, especialmente quando o assunto dizia respeito à mulher. Aliás, Pedro não era o único ali a pensar no feminismo como uma pequena heresia estética e moral. Mas apenas os netos riram, enquanto os outros comiam com satisfação.

 Lia riu alto, atrasada.

 E aquele riso lembrava alguém que Nicolas preferia esquecer. Aquela voz soava como a serpente e a flauta ao mesmo tempo. As palavras eram sempre suaves e delicadas, a fazer o ouvinte deslizar sobre patins em uma pista de gelo, mas sem o gelo e sem o duro. Uma superfície como lençóis limpos de algodão. Sem o algodão mas de outra coisa qualquer. Era assim o timbre de Helena, cujos assuntos passeavam por entretenimentos e providências, com pequenas vantagens financeiras como promessas de carícias.

 Andrea recomeçou.

 — E o que dá prazer? Isso varia tanto! Tome-se a beleza, por exemplo. Não há nada mais agradável que cercar-se do que é belo — boa música, poesia, literatura. E nisso tudo, quanto não há de puramente intelectual? Não haverá arte onde não estiver a educação e a inteligência. Uma sonata. Um mármore perfeitamente esculpido. Um soneto. Um mero rabisco num papel. Se for belo, evocará o que existe de mais verdadeiro. Se for belo! Porque a beleza não nos dá só prazer, ela também eleva e espiritualiza. Isto é garantido. As coisas belas nos fazem transcender: inspiram em nós tudo o que há de sublime e de redentor. Que seja uma certa incidência de luz, fazendo brilhar as cores de um jardim, ou uma vista do mar. O esplendor da natureza nos faz acreditar no que até Deus duvida — que este mundo seja obra de um criador. Que paz, que tranqüilidade! Há algum sentimento mais espiritual do que esse?

Um pensamento protege Sonia do ateísmo de seu marido. *Se há algo no mundo que o homem é incapaz de produzir, aquilo que o produz deve ser melhor do que o homem. O céu não pode ter sido produzido pelo homem. E aquilo que o produziu é melhor que o homem. A isso damos o nome de "Deus".*

Longa pausa, digestiva.

— A beleza de alguém pode nos arrastar para o inferno.

Nicolas parecia incapaz de esquecer seu passado com Helena. E era do tipo que não gostava de festas ou de qualquer divertimento — sentia-se inquieto quando algo o obrigava a deixar o trabalho —; e parecia nunca estar plenamente presente. Por isso, inclusive, suas opiniões soavam impertinentes, ou não permanentes.

Um sentimento de mal-estar. Especialmente porque Tereza era linda e nunca estava claro a qual das duas ele, de fato, se referia. Quando as primeiras núpcias estavam desfeitas, ele se agarrara ao fato de que Helena gastava demais. Hoje, contudo, já não advogava o mesmo parecer. A voz da cantora ganhou o primeiro plano.

*...Fez chorar de dor o seu amor
Um amor tão delicado
Ah! Por que você foi fraco assim
Assim tão desalmado...*

Pressentia-se que Nicolas voltaria com sua mesma ladainha.

— A beleza excessiva de uma pessoa é uma escravidão. É uma miragem que nos obceca. A nossa imaginação se inflama e começa a devanear. Pois costumamos devotar ao belo toda a nossa avidez por perfeição: fazemos do outro o que ele não é, e exigimos de nós mesmos aquilo que nunca conseguiremos ser. É a nossa ruína.

Um silêncio para o exame de consciências. Nada a objetar.

— Mas quando o arrebatamento se esgota, aí sim. Tudo o que havia de bom, de promissor definha-se junto com ele. Só que já não toleramos nada que lhe seja inferior, nada com menos brilho, menos encantador. E saímos doentes, em busca do que não existe. No fim, se olhamos para a nossa própria vida, o que vemos é um deserto: pois é só areia o que foi deixado pelo aluvião.

O tom era desnecessariamente melodramático, mas as mulheres pareciam sensíveis a um suposto constrangimento de Tereza e, ao mesmo tempo, triunfantes diante dela. Andrea olhou para a concunhada como que para ampará-la. Mas seu gesto era totalmente dispensável.

Alheia como um planalto, Tereza pairava muito além da conversa.

Andrea lembrou do sonho de enriquecer com a exploração de minérios no Brasil. Olhou-a novamente. Ela, extraordinariamente bela, irradiava de longe a mesma esperança de *ociosidade ligeiramente organizada* que o havia trazido um dia em definitivo para o Brasil.

De novo, Pedro apelou às suas máximas morais. Mas a voz soou pastosa.

— A beleza é como o charuto: o preço se paga depois.

Gania tentou uma graça para encerrar o assunto.

— E provoca síndrome de abstinência.

Risos descompassados indicaram um sucesso duvidoso.

Andrea voltou-se para Nicolas convicto de que o cunhado estava ainda doente.

— O problema é que a beleza nos eleva, mas não nos mantém lá. Existe algo mais sublime do que uma bela paisagem? O azul do céu riscando de azul a vastidão do mar, a areia refulgindo, o mundo iluminado por um sol oblíquo, manhoso, que tinge tudo de dourado e prata, uma luminosidade etérea fazendo brilhar uma miríade de verdes, desbotando as serras longínquas... Lindo! Mas experimente ficar ali por muito tempo. Logo, logo, tamanha orgia para os sentidos o mandará ao inferno: a consciência entorpecida, os olhos cegos de tanta luz. Um calor que, pouco a pouco, lhe fritará os miolos e sua vida, gota a gota, se esvairá com o suplício de uma desidratação. O sol nos mostra o que antes era só espiritual. Sim. Mas, chegado a esses Campos Elíseos, meu amigo, faça-me um favor: trate de caminhar! Procure uma sombra, e água fresca, e... Quer um conselho? Ponha-se de qualquer maneira *a libertar da massa marmórea da linguagem a forma esguia que visualizou em espírito*. Repousar na perfeição? Um grave engano. Exercite os músculos da inteligência com coisas sem tanta graça — o justo, o verdadeiro —, pratique a coragem, mas tudo com moderação. É só assim que a beleza lhe manterá satisfeito.

— *As coisas belas são difíceis*, atalhou Laura.

Mario olhou para o sogro. A pele dele brilhava de suor, e quando ele franzia o cenho as sobrancelhas se moviam como duas taturanas. O sotaque italiano havia praticamente desaparecido, mas ele não perdia a pose de senador, a altivez de moralista latino, disposto a educar a qualquer preço as multidões. Sua camisa exibia duas luas escuras debaixo do braço que causavam repugnância, asco.

Mario tomou mais um gole do vinho — muito bom. Olhou com o rabo dos olhos para o garçom, que prontamente se aproximou para lhe completar o copo; serviu Pedro, Andrea e depositou a garrafa no porta-gelo, dando a largada para um tira-tira de pratos, que causou em todos um alívio pós-saturação. Andrea afastou a cadeira, num gesto vulgar. O sogro era normalmente educado, elegante. Mas recentemente exibia a protuberância de uma grávida aos cinco meses.

Mario aproximou-se da mesa, empertigado, fazendo-se de atento. E ouviu a voz de Laura.

— As pessoas bonitas entregam-se ao mundo como pérolas, prontas para o deleite dos outros. E o mundo responde prontamente, abrindo-lhes uma porta depois da outra. Esquecem que no belo há de ter algo alheio, algo que falte, porque essa é uma idéia que a lógica repudia e expulsa da imaginação. Mas o fato é que as coisas resultam belas, sem que tudo nelas seja simplesmente beleza. Uma pessoa bela? É preciso ter com ela o que conversar tanto quanto a admirar — seja lá o que for! A vida leva tempo e o tempo exige uma boa ocupação.

Andrea ouviu aquelas considerações e completou.

— Sim, Laura. As pessoas sufocam o belo *com o belo*. Eis o problema. É o vício da adição. No charuto e na beleza, menos é mais. Quer ver? Obtenha tudo o que reputar de belo — pintura, escultura, objetos, mobiliário. O resultado certamente será desapontador.

O ambiente estava abafado.

Mario olhou bem para o sogro. O garçom perguntava-lhe se deveria servir um outro vinho. Andrea sugeriu que ele abrisse agora o *Chateau d'Yquem — de l'audace, encore de l'audace*? Ele, soberbo, parecia um sultão cercado de eunucos e messalinas.

Pedro estava sonolento. A conversa parecia liquidada para ele, que se sentia, por alguma razão, descartado. Mas a filha não o perdoaria, se ele se levantasse da mesa.

A sobremesa foi servida — *poires a belle Hélène* — com *vanilla* e calda de chocolate amargo.

— Em suma, o conselho é casar com uma bela mulher mas não esquecer de matriculá-la na aula de francês.

Alguns risos, que mais revelavam não ver a menor graça no comentário de Martim.

Sonia lançou para o filho um olhar de desânimo. O jantar estava encerrado e ela sugeriu, enquanto saía em direção à cozinha:

— Tomamos o café na sala de estar?

Agora estavam todos de volta à sala. O garçom surgiu, trazendo uma bandeja.

E foi Martim, ligeiramente exaltado, quem recomeçou.

— Penso que *a arte não é um fenômeno racional a ser compreendido por análise lógica. Ao contrário, é um assunto entre a imaginação e os sentimentos*. E, abusando do trocadilho, para o bem do belo acho também que é bom o artista desprezar o intelectual, o máximo que puder.

Cada vez que a conversa tomava este rumo, Sonia sentia um certo arrependimento por não ter insistido com o filho para continuar os estudos. Faltava tão pouco para ele terminar a faculdade. E entre ele e o pai havia ficado aquilo, como uma cicatriz.

Mario estava ansioso pelo momento da dispersão e, com a tirada do cunhado, teve ímpetos de se levantar, sair dali, ir ao banheiro, qualquer coisa para cair fora daquela liça. Agora vinha Martim, com as garras afiadas, disposto a cutucar de novo o pai. Era demais, não dava para agüentar. Seria melhor chamar discretamente Laura e sugerir que fossem embora, já. Alegar que o dia havia sido pesado, que amanhã seria ainda pior, que o jantar esteve ótimo e que se encontrariam em breve, para um almoço qualquer oferecido por Laura. E talvez a TV já estivesse passando o videoteipe do basquete — como é que aquele bando de emasculados fizera ele se esquecer do jogo? Merda.

Sonia tratou de recolher as xícaras de café, dando sinais de exaustão e de que a brincadeira tinha hora para terminar.

E todos, então, poriam seus pijamas, escovariam os dentes e ela apagaria a luz, para que enfim pudesse descansar. Andrea, sugerindo exatamente o contrário, sentou-se confortavelmente em sua poltrona e perguntou:

— Sonia, será que o garçom nos serviria um conhaque?

Laura tinha diante dos olhos aquela contradição. A mãe largou, obediente, o que vinha fazendo, dirigiu-se à copa para instruí-lo sobre os últimos trabalhos e dispensá-lo. E aproveitaria para pedir que recolhesse a bandeja, afinal, por que diabos era ela quem estava fazendo aquilo? Na sala, a voz de Martim trombeteava suas imposturas.

— Repito provavelmente o que outros já disseram. Mas as belas artes — que você tanto admira, Andrea — estão mortas, liquidadas, aguardando apenas que alguém se dê ao trabalho de enterrá-las. Chegamos ao ponto final. A doença moderna da arte foi uma espécie de intelectualismo. É verdade que a escória é ainda formada pelos que vencem cedendo ao pior do gosto popular — que nada tem de intelectual. E foi-se o tempo em que o artista educado era um excêntrico, original. Isso acabou, não existe mais. A abstração precoce corrompe as fontes da percepção. Este é um mal disseminado. Hoje em dia nem os matemáticos se comovem com a beleza de um triângulo, apenas com o cálculo financeiro. A pintura está morta. Ou pratica uma espécie escolástica, que leva as idéias das vanguardas européias às raias do *kitsch*. Vencem os embusteiros, os farsantes, que imitam sem o menor pudor o que quer que já se tenha feito de bom, mas de forma medíocre. E isso ainda não é o pior: talvez seja até mesmo preferível à arte conceitual. É aqui, de fato, que nos damos por logrados. Você se demora diante de uma obra, tentando entender o artista? Ingenuidade sua: é apenas por ser tão trivial o que ele tinha a dizer. Tanta tolice, tanto clichê! A música erudita? Não passa da arte de executar coisas difíceis e *o que é apenas difícil não agrada por muito tempo. Mas basta que tenha a fama de valor e lá vem o rebanho de tolos a admirar tudo num compositor, só porque ele é estimado.*

Laura olhava para o irmão e o compreendia. *Quanto menos os homens estão ligados pela tradição, tanto maior é o movimento interno dos motivos e o correspondente desassossego exterior.* Olivia deixava a sala, mas protestou.

— Você é chato, Martim! E despreza qualquer coisa que os outros estejam loucos para conseguir.

O avô — que criara alma nova com a perspectiva do conhaque — estava empenhado em retê-la.

— Que nada, meu bem. Você não percebe o enorme prazer que há em criticar? Em apontar o defeito de tudo, especialmente daquilo que outros acreditam ter valor? Não vê que existe um enorme prazer em não ter prazer?

Nicolas parecia gostar.

— Deixe-o, meu pai! A sátira é divertida e cumpre um grande papel.

E o pai experiente acrescentou:

— Os criticados, em geral, sobreviveram melhor que seus detratores.

Andrea mostrou-se disposto a esticar o assunto.

— E o problema com aqueles que só fazem criticar é saber se estamos mesmo diante da virtude de desmascarar o ridículo dos outros ou do mero vício da destruição... É difícil decidir. Pois nunca é fácil dizer se o insucesso de um pretenso artista é um mérito ignorado pelas massas, ou se na verdade é o resultado da mais pura e simples mediocridade. O tal "se eu não ganhei o jogo, é porque as regras estão erradas".

Laura não acreditava que o pai seria capaz de insinuar aquilo, que lhe parecia tão cruel. Ele tentava atingir seu irmão, em seu ponto mais vulnerável. Mas agora era tarde demais e Martim não ouviria ninguém, pois estava infectado em suas feridas mais profundas. Laura torcia para o irmão, para a criança que vem ao mundo e tem de reviver toda a odisséia humana. A tarefa hercúlea de cada homem é reconstruir por si só toda a civilização. A herança de cada um é bruta: a matéria precisa ser informada a cada vez, em cada ser humano que nasce.

Martim tinha o olhar fixo no escritório do pai.

— E a literatura? Ou caímos na auto-ajuda ou naquele tipo de livro que qualquer pessoa minimamente honesta admitiria não ter passado da terceira página. *Mas é preciso mantê-los na biblioteca como um monumento à modernidade.*

Sonia, que sabia bem de onde o filho havia tirado tudo aquilo, pensou em ajudá-lo. Porém foi Pedro quem veio com mais uma gracinha.

Levantou-se de um pulo, em direção à estante de livros que separava a sala de estar do escritório, como quem procura algo.

— Não, Martim! Não é bem assim. Você não leu os romances de Samuel Beckett? Você precisa ler ao menos *Molloy*, Martim! É impagável: são as palavras de um morto — mas sem a elegância de Machado de Assis. É o monólogo de um moribundo, ou melhor, de alguém que experimenta o definhamento e a degeneração do próprio corpo, mas sem qualquer prejuízo das faculdades mentais. Note bem: o espírito está lá, ruminando suas mazelas, até o cadáver ir-se enrijecendo e estar reduzido a um torso — pois aquilo só pode ser um pedaço de cadáver... Um torso de filho, blasfemando, do quarto de sua mãe! Sim, é disto que se trata. Você pode imaginar? Santo Deus! Se for isto uma vida além-túmulo, estou disposto a abrir mão da imortalidade de minha alma.

Pedro só podia estar brincando. Quando é que ele lera a obra de Samuel Beckett? Talvez fosse verdade. Sonia agora se lembrava de ter emprestado a ele um CD com o texto narrado, e o livro, para que ele praticasse um pouco de inglês, antes de sua última viagem.

— Se ninguém agüenta lê-lo, vovô, Beckett ao menos foi original. Mas, se até isso já se fez, é melhor que os outros inventem outros assuntos. Não é preciso repeti-lo, como se além de estarmos no caixão, sofrêssemos de uma crise de soluços.

Martim parece que recobrava o humor.

— A arte é o fruto de uma espécie de loucura eficiente. A arte tem de atualizar o mesmo. Como? Mistério. Mas tem de realizar a nossa experiência transcendente com o belo. Trata-se de uma ilusão premeditada, com o objetivo de nos fazer acreditar piamente que contemplamos algo de livre, que estamos finalmente diante de uma *causa sui*.

— De minha parte, Martim, acredito que a arte requeira, sim, um grau elevado de educação. E que isso envolve um movimento *para trás*. Pois também na arte, estamos como num hipódromo: para se chegar a isso que você quer — para haver progresso — é preciso contornar habilmente, até nos encontrarmos na nova direção, oposta àquela. Estamos agora no momento descendente do arco, apenas isso. Próximos demais ao ápice, mas incapazes de lhe sustentar. E não é por estar em questão a beleza que a torpeza há de dar lugar a finuras. Arte é um investimento como outro qualquer, só que as pessoas não sentem vergonha de exibi-lo na parede. Pelo contrário, a admiração dos demais por uma obra de arte empresta ao proprietário os mesmos atributos com os quais a adornamos — bom gosto, sensibilidade e sofisticação. E talvez seja desta vaidade que provenha o sucesso dos artistas em sociedade.

Gania preparava-se para partir. Mas revelou sua disposição de esticar o assunto para os outros.

— Alguém já disse que *a beleza salvará o mundo* mas, que eu saiba, não explicou como. Hoje, meu tio, você me convenceu de que ela é o melhor para cada um de nós. Faltou

explicar como promoverá a justiça e o bem de todos — de que maneira fará o homem abster-se de prejudicar os outros em vista de seus próprios interesses.
Pedro novamente se entusiasmou.
— O feio, Gania, parece um bom candidato ao título de errado.
Sonia se levantou e beijou o sobrinho carinhosamente.
— Por favor, meu querido, não recomece! Não atazane seu tio de propósito, como uma mosca varejeira, voando só para atormentar. Você conhece Andrea...
— Mas, Laura querida, você está tão quieta e pensativa.
— Acho que fiquei para trás na conversa... Sou lenta, papai. E até eu chegar lá, vocês já foram e voltaram. Penso, como Gania: a felicidade depende do *modo* como fazemos as coisas. E a maneira como buscamos o que é bom e belo para nós mesmos, pode ser simplesmente horrível e detestável para os outros.

Uma gota de mágoa maculou o ambiente. Mas Laura agora abraçava o pai e, ao lado dele, parecia ter plena consciência da razão de ser assim como é. E tudo se seguiu, então, na narcose das despedidas e dos agradecimentos. Sonia tranca a porta.

Laura e Mario agora seguiam em silêncio para casa.

O rádio estava ligado e Mario aguardava por notícias de esporte.

O pensamento de Laura matraqueava a conversa do jantar. Não podia concordar com as idéias de seu pai. Havia nela algo que relutava em aceitar que o primeiro impulso de alguém *é* e *deve ser* buscar o prazer e evitar a dor. A visão de Andrea parecia-lhe reducionista e simplória. Havia tanto a ser alcançado antes de pôr-se na disposição de perceber o agradável! E quantas pessoas não malogravam justamente nos pré-requisitos? E todo o trabalho envolvido apenas no manter-se em sua condição natural? Tudo isso aquele hedonismo desconhecia ou ignorava. Mas, para Laura, era justamente isso o que demandava o maior esforço, e quase sempre mal-sucedido.

A noite estava agradável e havia movimento pelas ruas. Viver é sofrer de uma dependência extrema do meio, pois só vivem os organismos complexos, mas incompletos e necessariamente abertos para o mundo. A questão crucial é esta: como sou afetado por tudo o que me é estranho? Nesta inflexão a criatura volta os olhos para si mesma, e aquilo que vê — se é que vê —, só ganhará contornos contra o pano de fundo de tudo o mais além dela. E a agradável sensação de conforto será o coroamento de um longo processo, no mais das vezes, malogrado: as pessoas vivem a reclamar.

Laura lembrou de uma pequena cicatriz que tem no seio esquerdo. Recém-nascida, teve sua própria mama lancetada, pois trazia os hormônios de sua mãe, que sofria de uma mastite. Além deste transtorno precoce, ela havia sido privada de todo aleitamento materno. Com isso, Laura supunha ter construído sua relação com o mundo via uma mãe postiça, por assim dizer. Não tivera contato com o seio de verdade, mas com um impostor. E deve ter olhado para si mesma no pano de fundo desse simulacro. E imaginado, então, os próprios contornos à revelia do ser externo real. Talvez ainda tenha conhecido o evitável antes que o preferível, e o inapropriado antes de qualquer harmonia. E qual imagem terá de si quem não obtém o acordo da própria natureza? É claro que a posse do que era seu lhe havia sido frustrada. E que tudo se tenha revelado como um embuste. E por sorte não fora capaz de honrar tal impostura como a fonte última de todo o valor e de toda a norma. Pelo contrário, intuíra muito cedo que havia algo imensamente superior. Laura estava cansada. Tentava separar essas fantasias de sua relação com Sonia, com o mundo, com as outras pessoas. O problema é que a decisão não tinha forças para descer até seu âmago e voltar. Não conseguia se livrar completamente dessas impressões e recuperar a serenidade. Laura se esforçava para ser gentil, mas havia algo que ansiava e que estava de certa forma condicionado a negar Sonia. Laura mal sobrevivia àqueles sentimentos: eles a embebiam desde sempre, e estavam a ponto de afogá-la. E tudo isso era muito mais poderoso do que a sua vontade.

— Laura, que tal pararmos para tomar um conhaque?

Ela estranhou aquilo e pensou em evitar mais um retardo para meter-se na cama e esquecer de si mesma e de tudo até amanhã, num sono profundo. Mas sabia que ele havia sido extremamente gentil ao voltar mais cedo da viagem para ir ao jantar de Andrea e sentiu que deveria retribuir-lhe de algum modo aquele gesto.

— Você é que sabe. Pensei que queria ir logo para casa, quando sugeriu que fôssemos embora. Podíamos ter ficado um pouco mais... Fazia tanto tempo que não encontrávamos meu pai.

— Não agüentava mais a conversa do seu irmão.

Mario estacionou o carro em uma esquina, ocupando a faixa de pedestres.

— Mario, você não vai deixar o carro aqui, vai?

— É rápido. Estou exausto. Mas preciso relaxar senão demoro muito para dormir. Meu dia foi simplesmente infernal. Aquela reunião me deixou com uma pulga atrás da orelha. Não sei exatamente o que está se passando, mas tive a impressão de que algo havia sido decidido sem que eu soubesse. Talvez eu esteja perto de ser uma carta fora do baralho.

— Ah! Você teve uma reunião?

— Sim, Laura... uma reunião decisiva para mim. Pensei que você soubesse. Comentei isso com você, lembra?

— Desculpe, May. Estou cansada e com dor-de-cabeça. O meu dia também não foi grande coisa.

— E o que você fez?

— Lolô telefonou desmarcando o nosso almoço no museu. Fiquei em casa e tentei estudar. Comi alguma coisa por lá, enfiei as contas deste colar que estava arrebentado. Saí ao final do dia para tomar um café e procurar o presente para meu pai. Mas o trabalho não rendeu muito mais que dúvidas. E tive ímpetos de desistir.

— Vida boa... e ainda reclama...

— Não estou reclamando.

— E por que a cara de mártir?

— Não estou com cara de mártir...

— Você paira acima de tudo, parece sofrer de um enorme tédio existencial. Não entendo...

Mario, contudo, entendia tudo e muito bem. O problema de Laura é o egoísmo. Só está interessada nela mesma, o resto não importa, nada mais tem valor. Não tem a menor curiosidade pela minha vida, pelas coisas que acontecem comigo; não faz idéia de onde andei ou do que fiz. Nem ao menos finge querer saber. Laura é auto-centrada e o seu mundinho particular me dá engulhos.

— Sabe Laura, acho que cansei disso tudo e não vejo a hora de mudar.

O silêncio pairava pesadamente entre os dois. Laura estava pensativa. Talvez seja mesmo a hora de buscar algo mais de acordo com o meu desejo. A vida a ser levada deve estar em sintonia com a nossa própria natureza. E só tal aspiração tem genuíno valor. O ótimo é o inimigo do bom. Mas algumas vezes é preciso optar pelo ótimo, o que talvez exija a coragem de cortar na própria carne e a disciplina de recusar certas conveniências se, à luz daquele plano, tudo principia a mostrar-se mesquinho e torpe. As idéias são como miragens: visões internas que a imaginação encena e infla com sua inspiração para que ganhe um rastro pelo qual corra um rio desejoso daquela visão, daquele ser, e das influências necessárias entre o criador e a criatura. Por meio de idéias, futuros possíveis são delineados, ganham corpo e seqüestram a cadência dos atos — buracos são cavados, muros erguidos, opiniões e deliberações sobre o dinheiro pavimentam a rotina e as inclinações. As idéias modelam a voz e fazem-na alquimista de si mesmas. E as palavras se sucedem assim com maior ou menor felicidade, no sentido de que a realidade comungue daquela idéia, se é que ainda vive. Pois as palavras freqüentemente são mais imperfeitas que as idéias e por isso também as idéias são muitas vezes assassinadas por palavras. Algumas vezes as idéias vencem as frases tortuosas que pomos pela boca, e fazem seu leito em nossa voz, por onde correm como pedras e seixos, que se encaixam e montam seus jogos maravilhosos. Neste instante paira a dúvida de ser ou de já não ser mais uma idéia — a luz que as idéias emanam em focos concêntricos já se abriu demais, seu brilho parado é vivo e morto. É de acordo com alguma idéia que se quer viver. Mas isso requer as palavras certas que levam àquele modo de vida e todo trabalho implicado na preservação de uma vida — o que não é pouco. E não raro as vidas são atingidas por idéias cadentes que nossas palavras não puderam librar no ar. Só as pessoas têm idéias — e cada idéia!

O silêncio pesado separava ainda os dois de maneira incômoda. Mas ninguém queria continuar aquela conversa indigesta e decisiva. O ritual de guardar o carro, apagar as luzes, subir e escovar os dentes, tudo feito de maneira mecânica e brutal. Mario tirou a roupa de qualquer jeito e nem se deu ao trabalho de pendurar o terno no armário. Deitou-se de cuecas, virou para o lado e apagou seu abajur. Em dois minutos sua respiração era profunda e ruidosa. O marido ao seu lado geme como se sentisse alguma dor. Aquilo era um pesadelo: uma ninfeta se aproximava. O plano é a unificação territorial e a independência com monarquia. Anos desfilam como numa parada militar. As vendas externas despencando — o grito de Dolores — em relação ao volume de importações. Fuga de capitais e sublevação indígena. Dezenas de bilhões de dólares são perdidos num único dia.

Laura percebe que terá dificuldade para dormir.

Sou do tipo que cria dificuldades e persevera em uma mesma direção mesmo que esteja diante do inferno. O falatório dentro dela não queria se calar e era em vão o seu empenho para dispersá-lo. Pois assim que as emoções se aplacavam e a tensão se transformava em imagens fugidias, Laura num sobressalto retomava as rédeas do próprio barulho contra a noite silenciosa, como se a elocubração azucrinada jamais devesse se afastar daquela grave ocupação.

Mas também sei dar-lhe as costas rapidamente. Laura num impulso se aproxima do marido, sente o hálito de seu corpo relaxado e quente, desliza até o pescoço dele, procura a sua boca e encontra a resposta de Mario em um beijo terno mas desinteressado. Este é para mim o momento mais arriscado: quando o pior já passou. Alcançara mais uma vez a margem do alívio. Daqui em diante devo me empenhar mais em ajudá-lo.

Agora meu pensamento parece dissociado de mim. Chego a vê-lo. Ergue-se e torna a baixar. Esta é sua única atividade. Seu corpo por fim tombou, com ela mergulhada na penumbra. Sob o olhar inconsciente do mundo e perdida de si, Laura estava momentaneamente livre. A vida é um sonho — e cada um tem o seu.

E no sonho repete-se a tarefa da humanidade primitiva.

Posfácio

Sou a professora que algumas vezes é mencionada de maneira pouco lisonjeira neste relato, de autoria duvidosa. Talvez tenha sido redigido pela pessoa que me procurou no início do curso "A Construção do Romance" ministrado por mim, no departamento de Letras Modernas, em 1994. Lembro-me de ter sido abordada por alguém, que se apresentou como uma aluna ouvinte interessada no trabalho final, e de ter sido indagada sobre as chances de vir a ter sua monografia avaliada. Diante de uma resposta sincera, mas desanimadora, a pessoa nunca mais apareceu.

No final daquele semestre, contudo, encontrei em meu escaninho o texto que o leitor acaba de conhecer. Anônima, na última página e à mão, a brochura trazia apenas uma extravagante relação de nomes — Donald Winnicott, Walter Burkert, Machado de Assis, Roberto de Almeida Demenato Garcia, Tales de Mileto, Heráclito de Éfeso, John Irving, Tchekhov, Adam Smith, Anaximandro de Mileto, Samuel Beckett, Parmênides de Eleia, Katherine Mansfield, Thomas Nagel, Diderot, Thomas Mann, Virginia Woolf, Myles Burnyeat, Nietzsche, Erle Stanley Gardner, Dale Carnegie, Roberto Piva, Hesíodo, Schopenhauer, Alaíde Costa, Shakespeare, Crisipo, Voltaire, Lewis Carroll, Oswald de Andrade, Maiakóvski, Italo Svevo e Letizio Mariconda —; e, entre suas páginas, encontrei um cartão postal endereçado a uma certa Quilha Gomes dos Reis.

É bom que se diga que, nestes anos todos, ninguém jamais reclamou pelo texto. E é bem verdade que o resultado é bastante intrigante — talvez pelo fato de ter levado ao extremo, e com algum exagero, o exercício proposto: escolher uma das formas narrativas para uma paródia do autor preferido. A novela, por assim dizer, é um claro encadeamento de conto, solilóquio, aventura, monólogo e diálogo filosófico, ainda que tenha algo dos casos usados em cursos de Administração, e dos manuais de auto-ajuda. Suspeito que as passagens em itálico sejam citações. Aliás, há paráfrases — para não dizer plágios —, e uma evidente vulgarização, o que certamente não terá passado despercebido ao leitor paciente, se chegou até aqui. Contudo, não há nada de ruim que não possa ainda se tornar pior. E hoje, diante da dificuldade em até mesmo imaginar o que tal tarefa induz, penso ter sido no mínimo útil ao público o meu empenho nesta pequena edição.

Profa. Dra. Marta Sand Alves de Lima

DEUTSCHES MUSEUM MÜNCHEN
Abteilung Starkstromtechnik.
Blitzversuch in der Hochspannungsdemonstra-
tionsanlage. Der Stoßgenerator entwickelt da-
bei Spannungsstöße bis 1,1 Mill. Volt

2/9/74

Quilha
Estivemos ontem no Deutsche
Museum. Quando está-
vamos vendo o "raio" lembrei
tanto de você!!
Seu pai, como imaginávamos
gostou demais de lá; fizemos
sòmente uma parte.
Voltaremos para uma 2ª
visita. Beijos e saudades a
todos.
        mamãe e papai

Srta
Quilha Gomes dos Rei.
R. Agostinho Cantu 640
05501
SÃO PAULO
BRASIL

AIR MAIL

Este livro foi composto em Stempel Garamond, pela Bracher & Malta, com CTP da Forma Certa e impressão da Bartira Gráfica e Editora em papel Pólen Soft 80 g/m² da Cia. Suzano de Papel e Celulose para a Editora 34, em outubro de 2008.